나만의 속도를 찾기로 했다

윤설

채륜서

변하지 않는 삶의 진리가 하나 있다면, 빠른 속도로 달릴수록 멈추는 게 어렵다는 것이다. 속도를 유지하기 위해 들인 시간과 노력이 아까워서 그렇다. 뒤늦게 잘못된 길임을 깨닫고 브레이크를 밟아보지만, 관성이 붙어서 속도가 잘 줄어들지 않는다. 오히려 멈추고자 하는 의지가 무색할 정도로 계속 미끄러져 나가기만 한다. 그렇게 낭떠러지로 추락하는 것이다. 정신없이 열심히 살아온 사람일수록 자신의 삶을 더 크게 잃어버리는 이유다.

간신히 멈추었다 해도 결코 안심할 수 없다. 잘못된 방향으로 나아간 만큼 그 길을 빈틈없이 되돌아와야 하기 때문이다. 내가 달려온 길이 틀렸음을 스스로 인정하는 일. 이보다 어려운 일도 없다. 왜 이리 늦게 깨닫고야 말았는지 하는 생각에 발걸음이 무거워진다. 앞으로는 또 어떻게 살아 내야 할지 막막하기만 하다. 내 사람들에게 좋은 모습을 보여 주지 못해 미안한 마음까지 든다. 대부분의 후회가 열등감, 패배감, 죄책감을 동반하는 이유다.

후회 없는 삶이란 존재하지 않겠지만, 만족스러운 삶은 존재한다고 믿는다. 반대로 말하면, 아무리 만족스러운 삶이라 할지라도 기어코 후회를 동반해야 한다는 뜻이 된다. 여기서 사람에게 필요한 삶의 자세란, 후회스러운 순간 때문에 괴로워하는 게 아니라, 만족스러운 순간을 만들기 위해 조금 더 노력하는 일일 것이다. 나는 그 만족이 삶의 지반을 견고하게 다지는 일로부터 창조된다고 믿는다. 조금 느려도 의미 있게 살아야 한다는 뜻이다. 한 시절을 관통하고 나면 안다. 결국 인생은 속도가 아니라 밀도 싸움이라는 것을.

삶의 밀도를 높이기 위해서는 나에게 어울리는 속도를 잘 알고 있어야 한다. 요즘 사람들은 무엇이든 빠르게 시작하고 끝내길 원한다. 공부도, 업무도, 취미도, 사랑도, 심지어 나의 삶이랄 것마저도. 그게 익숙하기 때문일 것이다. 지금까지 그렇게 살아왔고, 또 모두가 그렇게 살고 있으니 말이다. 하지만 그 속도가 나에게 정말 어울리는 것인지 생각해 볼 필요가 있다. 단순히 남의 발걸음을 뒤따라가기 위한 속도는 아닌지, 혹은 남에게 보여 주기 위한 속도는 아닌지.

이 책에는 삶의 속도에 관한 내 고찰을 담았다. 나만의 속도로 사는 게 정말 중요하다는 것과, 그 속도를 누군가와 함께할 때 삶은 보다 의미 있어진다는 것이, 당신에게 전해지면 좋겠다. 이윽고 삶의 통로 너머에 당신만의 믿음을 새길 수 있는 용기가 생긴다면, 나는 더 이상 바랄 것이 없다. 이 책이 당신의 허리춤을 뒤에서 살포시 감싸 줄 수 있기를 바란다. 관성으로 인해 삶이 계속 미끄러져 나갈 때, 어떻게 멈추어야 할지 갈피를 잡을 수 없을 때, 잘못 설정한 방향으로 인해 뒤늦게 후회가 밀려올 때, 당신을 위한 팔과 다리와 어깨가 되어 줄 수 있기를 바란다. 내가 당신을 믿을 테니, 당신도 스스로를 믿어 주었으면 좋겠다.

때론 누군가가 나를 믿고 있다는 사실 하나만으로 삶은 제 모습을 되찾곤 한다. 사실 이 책을 집필하는 기간 동안 나조차 내 속도를 벗어나 있었다. 작가라는 타이틀에 걸맞은 결과물을 만들어야겠다는 욕심이 너무 앞섰다. 조금 더 잘하고 싶은 마음에 내 삶을 먹이로 만들어 욕심에게 던져 주고 말았던 것이다. 욕심 부릴 땐 모른다. 그렇게 키워 낸 욕심은 끝내 거대한 괴물이 되어 나를 잡아먹는다는 것을. 나를 낭떠러지로 몰아붙이는 건 결국 나 자신이라는 것을.

그럼에도 불구하고 내 삶을 믿음으로 감싸 준 이들에게 영원한 감사를 전한다. 팔, 다리, 어깨가 되어 준 이들 덕분에 나는 나만의 속도를 되찾을 수 있었다. 빠른 속도보다 훨씬 중요한 게 있다는 것을 마음 깊이 새길 수 있었다. 행복은 실눈을 떠야 간신히 보이는 거리에 놓인 게 아니라, 지금 당장 손으로 쥘 수 있는 거리에 있다는 것을 확신할 수 있었다. 내가 이들로 하여금 새로운 삶을 얻은 것처럼, 당신 또한 이 책으로 하여금 삶에 새로운 의미를 부여할 수 있기를 바란다.

이제는 알아야 할 때다. 흐릿한 시선으로 맥없이 달리는 사람보다, 고개를 추켜올린 채 당당히 걷는 사람이 훨씬 멋있다는 사실을. 나만의 속도로 살아갈 때, 삶은 비로소 온전한 형태를 갖춘다는 사실을.

삶의 주인은 바로 당신이다.

윤설

차례

2장 서로의 밀도를 높이며

3장 시절에 의미를 새기며

1장

걸음에 무게를 더하며

●

나는 내 삶의 속도를 믿는다

삶의 어느 시기에는 속도에 초점을 두게 되는 듯하다. 게다가 이 시기에는 '남들보다 조금 더 빨리' 해야 한다는 생각에 마음이 조급해진다. 충족감을 느끼는 시기에 따라 우월함과 열등함이 결정된다고 믿기 때문이다. 결국, 무리해서 몸과 마음을 혹사시키고 자신을 몰아세우게 된다.

그리곤 사람을 분류하기 시작한다. 앞서 간 사람, 빨리 결혼한 사람, 먼저 경험한 사람, 벌써 부를 축적한 사람, 그렇지 못한 사람으로. 나와 속도가 비슷한 사람은 가까이하고, 속도가 맞지 않는 사람은 '다른 세상에 사는 사람' 같다며 멀리하게 된다. 어쩌면 인간관계랄 것도 그저 속도가 맞는 사람끼리 잠시 만나게 되는 일시적인 교류일 뿐이라는 생각도 든다.

청년 시절까지만 해도 모두가 똑같은 속도로 사는 줄 알았다. 캠퍼스를 거닐며 하늘 구경을 하던 순간들, 나무 옆에 앉아 수다를 떨고 술을 마시며 밤을 새우던 날들, 우습기만 한 상상으로 미래의 모습을 그리던 시간들. 한 시절을 함께 보내는 사람들이기에 서로의 인생도 크게 다르지 않을 것이라 생각했다. 시간이 흘러 나이가 들더라도 가끔은 서로 만나 예전처럼 아무 생각 없이 앉아서 수다를 떨고 시간을 보낼 수 있을 줄 알았다.

착각이었다. 누군가는 갑자기 편입을 하고, 조기 취업을 하고, 해외로 떠났다. 누군가는 차를 사고, 약혼자가 생기고, 가업을 물려받았다. 나보다 빨리 새로운 세상에 발을 내딛는 사람이 생겨날수록 마음속에서는 조급함과 두려움이 피어나기 시작했다. 내가 남들보다 느린 것 같다는 생각이 들었다.

이제 와서 예전 일을 떠올려 보면, 그 시절의 속도란 상대적일 뿐이었음을 느낀다. 그 시절의 나에게 조급함을 주었던 일은 지금의 나에게는 그리 대수로운 것이 아니게 되었다. 시간이 지나면 누구나 직장을 다니게 되고 결혼도 하여 가정을 꾸리게 된다. 유독 앞서 나간 이들이 부러운 시기가 있겠지만, 결국 시간이 지나면 모두가 평등해지고 만다. 늦음과 빠름의 의미가 사라지는 것이다.

현재의 나 또한 철저하게 나만의 속도로 살아가고 있다. 어떤 부분은 고속 열차처럼 빠르지만, 어떤 부분은 달팽이처럼 굼떠서 누군가에게 상대적 부러움을 느끼기도 한다. 그러나 이 또한 시간이 지나면 평등해질 것을 이제는 안다. 어쩌면 속도란 스스로를 비교 대상으로 만드는 헛된 관념에 불과할지도 모른다.

그러니, 있는 그대로를 받아들이고 스스로를 믿을 줄 알아야겠다. 무언가는 조금 빠르고 무언가는 조금 느릴 수도 있지만, 적절한 순간에 적절한 선택으로 삶을 잘 헤쳐 나갈 것을 말이다. 삶의 속도와 상관없이 '나는 잘 해낼 것이다'라는 말로 스스로를 신뢰하는 것이, 현재를 조금 더 윤택하게 만드는 길인 듯싶다.

나는 내가 살아가는 삶의 속도를 믿는다. 이건 내 속도를 믿는다기보다는 내 삶을 믿는 것에 가깝다. 오늘 하루를 얼마나 남들보다 효율적으로 살았는지보다는, 나 자신에게 부끄럽지 않을 만큼 부지런한 하루를 보냈는지를 기준으로 삼는다. 행복한 일 앞에서 부지런히 미소를 지었는지, 슬픈 일 앞에서 부지런히 눈물을 흘렸는지 말이다.

내가 추구하는 삶이 하루를 의미 있게 만드는 것의 연속이라면, 단편적인 슬픔과 실패 따위가 내 삶을 가로막지 못할 것이라는 확신이 있다. 그렇게 하루와 하루 사이에 성실함을 덧발라 붙여 나가다 보면, 또다시 다가올 봄의 따스함조차 사랑할 수 있으리라.

삶의 속도랄 것도 무색해지는 어느 시절이 오면 비로소 완전히 알게 될 것이다. 내가 믿었던 것들이 결코 틀리지 않았음을. 나의 속도는 적당했다는 것을.

오늘도 박수를 보낸다

고작 '잘하고 있다'라는 말 한마디에 눈물을 가두고 있던 마음의 댐이 무너져 내렸다. 그다지 친하지 않은 사람에게 들은 한마디. 아무 생각 없이 내뱉은 말일지 모르겠지만 내게 꼭 필요했던 한마디였다. 짧디짧은 한마디의 말이 그동안 쌓인 나에 대한 불신을 잠재워 버렸다.

나를 믿는 것이 참 쉽지 않다. 스스로 '잘한다 잘한다' 아무리 다독여도 소용이 없다. 노력의 결실이 눈앞에 나타나지 않아서 그렇다. 변화가 보이지 않으면 신뢰는 쉽게 깨진다. '잘한다'라는 말은 금세 '잘한 게 맞나'라는 말로 바뀐다. 이때 들려오는 '잘하고 있다'라는 말은 메마른 땅에 쏟아지는 달콤한 빗줄기와 같다.

사람의 삶처럼 까다로운 것도 없지 않나 싶다. 버티면 부러지고 버티지 않으면 무너지는 요란한 마음을 평생 짊어지고 살아야 한다. 심지어 위험천만하기까지 하다. 걱정과 후회가 짐승처럼 달려들 것을 알면서도, 꿋꿋이 선택을 내리며 앞으로 나아가야 한다. 그것 말곤 달리 방법이 없기 때문이다.

아무렇지 않은 듯 늘 웃으며 사는 사람도 털어놓지 못하는 자신만의 사연이 있다. 매번 좋은 일이 반복되어 걱정 없이 사는 것 같은 사람도 마음 한구석이 부러져 새파랗게 멍들어 있다. 이때 잘하고 있다는 한마디가 얼마나 큰 힘이 되는지 모른다. 모두가 겪는 삶이기에, 누구나 서툴다는 걸 알아서, 서로에게 더욱더 소중해지는 말이다.

오늘도 자세를 고쳐 앉아 본다. 서툴다는 것을 알지만 나에게 믿음을 주기 위해서. 완벽할 수 없다는 걸 알지만 어제보다 더 나아지기 위해서. 이렇게 한 걸음씩 나아가다 보면, 다른 누군가에게 잘하고 있다는 말을 듣지 않아도 잘 살아갈 수 있으리라는 확신이 있다.

오늘도 나에게 박수를 보낸다. 버겁기만 한 삶의 무게를 꿋꿋이 지탱하고 있는 모습이 멋지다고. 넘어지고 쓰러지고 부러지고 무너져도, 아랑곳하지 않고 몸을 일으켜 세우려는 노력이 아름답다고.

　나도 나를 잘 모를 때가 많지만, 잘하고 있다는 것 하나만큼은 확신이 있어야 한다. 나를 믿지 못하면 이 세상 그 무엇도 믿을 수 없게 된다.

내면을 마주할 수 있기를

빙산의 일각이라는 말을 한 번쯤 들어봤을 것이다. 이 말은 우리의 마음과 비슷하다는 생각을 한다. 사람은 누구 하나 가릴 것 없이 비밀스러운 바다를 저마다의 마음속에 품은 채 산다. 겉으로 드러난 마음이 전부인 듯 대하고 살피며 신경을 쓰지만, 사실은 그와 비교조차 안 될 만큼 거대한 감정을 마음속에 꽁꽁 숨겨놓고 있는 것이다.

이건 누군가에게 주려 했던 마음일 수도 있지만, 나에게 주려 했던 마음일 때가 더 많다. 내 마음은 나밖에 모르는데 나에게조차 그걸 숨기는 것이다. 내 마음을 스스로에게 들키는 게 두려운 것이거나, 내 마음을 들여다본 적이 없어 방법을 모르는 것이다.

내 마음을 들여다보는 건 연습이 필요하다. 이력서에나 적을 법한 형식적인 게 아닌, 나만 알고 있어도 되는 굉장히 사소한 것. 그것을 인지할 필요가 있다. '나의 것'을 표현하는 일보다 '나'를 표현하는 일이 더 중요하다. 설령 그것이 단점이라 할지라도 말이다.

나는 신발 끈을 예쁘게 묶는 재주가 있고, 대화할 때 턱을 괴는 안 좋은 버릇이 있다. 이걸 누군가에게 알려 주는 건 처음이다. 비웃음을 살까 두려웠던 것 같다. 사실 정말 아무것도 아닌 건데 말이다.

그대도 자신에 대해 잘 아는 사람이 되기를 바란다. 내 사소한 것을 많이 아는 게 중요하다. 사람은 거대한 것만 중요시여기고 사소한 건 무시하는 경향이 있다. 사람이란 수많은 사소함이 중첩되어 만들어진 존재임을 잊어선 안 된다.

수면 위로 떠오른 빙산의 일부가 아무리 거대해 보일지라도, 결국 이를 떠받치고 있는 건 보이지 않는 몸통이다. 그대를 떠받치고 있는 것 또한 보이지 않는 내면임을 알아주었으면 좋겠다. 사람은 보이지 않는 것으로 이루어져 있다.

실패에 굴하지 않는 사람

내 마음은 종종 뜀박질을 한다. 어디서 생겨난 자신감인진 모르겠지만, 마음이 달릴 때면 어떤 실패와 두려움도 무섭지가 않다. 근데 이게 문제가 됐다. 무리해서 실패에 곤두박질치길 수차례. 상처투성이가 된 채로 주저앉았다. 상처가 생기니 미래에 대한 두려움도 같이 생겨났다. 불현듯 튀어나온 자신감은 어디론가 사라져 버렸고, 마음은 점점 어둡고 침울해져 갔다. 이때 깨달은 게 하나 있다. 나를 잃어버리면 안 된다는 것이다. 나를 잃어버리는 건 인생의 전부를 잃어버리는 것임을 비로소 알게 됐다.

인생에서 가장 어려운 일을 하나 꼽으라면, 직면한 실패에 대한 감정을 이해하는 일이 아닐까 싶다. 실패는 당연스럽게 찾아온다. 아무리 피하려 발버둥을 쳐도 언젠가는 꼭 한번 실패를 경험하게 된다. 그러나 알아야 할 게 있다. 실패가 반드시 삶을 더 나쁜 방향으로 틀어 놓지만은 않는다는 것이다. 실패로부터 배울 수 있는 교훈을 이해하면서 극복해 내는 것이 중요하다. 두려움은 사람을 멈추게 만든다. 그러나 이를 극복하면 인생을 같이 헤쳐 나가는 동료가 되기도 한다.

미래에 대한 두려움은 불필요하다. 미래는 정해져 있지 않기 때문이다. 그렇기에 오늘에 집중하고 지금 할 수 있는 일에 최선을 다해야 한다. 최선을 다한다는 건, 내가 가지고 있는 것 중에서 최고의 것을 내놓는 것이다. 내가 가진 최고의 것을 이용하는 것만큼 보람찬 일이 또 없다.

그대도 자신에게 먼저 최고가 되었으면 좋겠다. 언젠가 찾아올 실패를 가볍게 뚫고 성장하는 사람이 되었으면 좋겠다. 최선을 다하는 당신을 믿어 의심치 않는다. 자신을 믿는 자는 실패 앞에서 굴복하지 않는다.

나를 정의하는 것

삶은 도전의 연속이라 했던가. 그런데 유독 도전을 많이 겪게 되는 사람도 있다. 풍부한 경험을 바탕으로 남들보다 더 성숙하고 책임감이 높다. 그러나 모순적이게도, 도전을 통해 겪은 고통과 상처를 감추는 연기를 하는 경우가 많다. 내가 겪은 어려움을 다른 사람이 쉽게 이해하지 못할 것이라 여기기 때문이다. 외로움과 고립감은 이때 찾아온다. 비슷한 연령의 사람들보다 앞서 나간 건 틀림없는데, 오히려 그 때문에 눈앞에 보이는 사람이 없어 겁에 질리는 것이다.

이 또한 헤쳐 나가야 할 길이다. 그 길은 분명 험준하며 예기치 않은 어려움이 있을 것이다. 그러나 각각의 상황을 극복하면서 더 강하고 탄탄한 인격이 생기게 된다. 이러한 과정이 있어야 스스로를 받아들이고 자신의 강점과 약점을 이해할 수 있게 된다. 비로소 더 나은 방향을 바라볼 수 있는 능력을 갖추게 되는 것이다. 고통과 슬픔을 인정하며 앞으로 나아가는 방법을 찾기를 바란다. 당신은 분명 깨어 있고, 삶에 대해 깊이 생각할 줄 아는 사람임을 절대 잊지 않기를 바란다.

어떤 상황에서도 희망을 잃지 않았으면 좋겠다. 용기와 결의를 갖고 잘 헤쳐 나갔으면 좋겠다. 삶에서 겪은 도전을 어떻게 대처하는가가 사람의 가치를 정의한다. 과거를 이겨 내고, 현재를 받아들이며, 미래에 대한 희망을 놓아선 안 된다. 당신은 이미 고통을 이길 수 있는 강한 내면을 갖추고 있다. 그 믿음을 잃지 말고 앞으로 나아가길 바란다. 산 정상이 코앞에 있다. 어려움을 극복하는 모습이 나를 정의한다.

고인 우물은 퍼내야 할 때가 온다

막연하게 멋진 사람이 되고 싶었던 적이 있다. 봄을 화려하게 수놓는 벚나무 같은 사람. 가을을 기대하게 만드는 단풍나무 같은 사람. 어느 계절이 되었든 사람들이 끊임없이 찾아오는 명소 같은 사람. 이런 사람이 된다는 건 생각만으로도 가슴 뛰는 일이라 믿었다. 나를 장식하기 시작했다. 꽃잎도 따다 붙이고 달콤한 향기도 나게 했다. 반짝이는 포장지로 감싸고 예쁜 리본도 달았다.

원했던 대로 사람들이 나를 찾기 시작했다. 나는 멋진 사람이 되었음을 확신했다. 근데 나는 어디로 간 거지? 사람들이 찾는 건 멋진 사람이었지, 내가 아니었다. 나를 찾는 사람이 많아질수록 내 진짜 모습은 한 발자국씩 뒷걸음질 쳤다. 시간이 거듭될수록 본모습을 숨기기 급급했다. 심지어 본모습을 보고 실망할 사람들이 무서워졌다. 나는 분명 멋진 사람이었지만, 동시에 하나도 멋지지 않은 사람이 되어 있었다.

하루는 눈물이 왈칵 쏟아져 내렸다. 그동안 참았던 눈물이 쌓인 게 틀림없었다. 겉으로 흘러나오지 않은 눈물은, 속으로 흘러들어가 마음속 우물에 조금씩 고인다. 고인 우물은 결국 퍼내야 할 때가 온다. 부디 당당한 사람이 되었으면 좋겠다. 남에게 당당한 사람이 아닌, 나에게 당당한 사람이 되었으면 좋겠다.

사람은 나만의 모습으로 살아갈 때 참된 의미의 멋을 지니게 된다. 멋진 벚나무와 단풍나무 같은 사람이 아니더라도, 나만의 계절을 가지고 있는 사람이 되기를 바란다. 따뜻한 햇살과 시원한 바람, 삶의 다양한 색깔을 품은 나만의 계절. 그리고 그 계절을 사람들과 함께 나눌 수 있기를 바란다. 그 속에서 찾아낸 행복과 자유로움은 삶을 더욱 빛나게 만들어 줄 테니.

자신에게 힘이 되는 말

그동안 나에게 하지 못했던 말이 참 많다. 수많은 말 중에서 나에게 가장 듣고 싶었던 말은 '고맙다'라는 말이었다. 남들에게는 쉽게 내뱉을 수 있는 말인데, 나에게는 유독 건넬 기회가 적었다. 스스로에게 고마워하는 행동을 부끄럽게 여겼거나, 스스로에게 고맙다는 말을 한 번도 해본 적 없어 긴장한 탓이었을지도 모르겠다.

그러나 한 가지 확실한 건, 나는 지금까지 부단히 노력했고 나에게 부끄럽지 않을 만큼 최선을 다했다는 것이다. 이것만으로도 '최선을 다해 주어서 고맙다'라는 말을 스스로에게 건넬 충분한 이유가 된다.

때론 사소한 것이 거대한 것보다 더 큰 힘을 가진다. 스스로에게 건네는 고맙다는 말은 희미하게 타오르는 불씨에 나뭇가지를 올리는 것과 같다. 나뭇가지 하나로 작은 불씨를 큰 불꽃으로 만들기는 어렵겠지만, 생명을 연장하기엔 충분하다. 그럼 많은 것이 바뀐다. 꾸준한 용기가 있다면 더 많은 도전을 할 수도 있고 더 큰 목표를 세울 수도 있다.

그러니, 스스로에게 아낌없이 좋은 말을 건네야 한다. 고맙다, 잘했다, 애썼다, 노력했다. 어떤 말이 되었든 자신에게 힘이 되는 말이 하나쯤은 있다. 스스로를 가치 없다 여기거나 하찮은 사람이라 생각하지 않았으면 한다. 당신은 분명 소중한 존재이고, 세상을 움직이게 만드는 사람임을 잊지 않았으면 좋겠다. 밤하늘에 걸린 별은 우리가 쳐다보지 않을 때도 밝게 빛나고 있다. 당신도 그렇다. 언제나 빛나고 있는 사람이니, 좋은 말을 들어 마땅하다. 오늘도 잘 버텨 주어서 고맙다.

행복은 나를 기준으로 시작한다

내가 새라면, 하늘을 날지 못하는 새일 것이다. 물론 날기 위한 노력은 수도 없이 했다. 그러나 시선이 하늘을 향할 때마다 몸이 떨어지는 곳은 항상 땅바닥이었다. 떨어지길 수차례 반복하니 하늘을 올려다보는 것조차 두려워지기 시작했다. 처음부터 그랬던 건 아니다. 부드러운 깃털이 수북한 날개가 있으니, 하늘을 자유롭게 날고자 하는 큰 포부도 있었다. 꿈이 꺾이는 건 한순간이었다. 마음에 전부 담을 수 없을 정도로 부정적인 생각이 많아져 흘러넘친 순간이었다.

날개 달린 새가 날지 못하는 것에 대한 따가운 비난. 그 삿대질을 무마시키려 했던 헛된 노력. 나아지지 않는 현실. 이런저런 것들이 중복되다 보니 마음이 한계에 도달했다. 누구보다 마음이 건강하다고 생각했는데, 현실을 마주하니 바로 주저앉게 되었다. 주저앉고 바라본 나의 마음은 이리저리 긁히고 뜯기고 갈라져 있었다.

마음에 여유가 없었다. 시간도 돈도 부족하지 않았는데, 마음의 여유가 부족했다. 사람들에게 좋은 모습을 보여 주기 위해 무리해서 나를 몰아붙인 탓이었다. 더 빠르게, 더 뛰어나게, 더 확실하게 하늘을 날고 싶었다. 사람들에게 좋은 모습을 보여 주기보다, 나에게 좋은 모습을 보여 줬어야 했는데, 그걸 몰랐다.

마음의 건강을 되찾기 위해 내가 했던 노력이 있다. 타인의 말을 한 귀로 듣고 한 귀로 흘려보내는 것이다. 말하고 나니 굉장히 이기적인 사람이 된 것 같다. 그러니까, 부정적인 말이 내 마음속에 자리 잡을 틈 없이 밖으로 튕겨 보낸다는 뜻이다. 내 마음을 지킬 수 있는 건 오로지 나 자신뿐이니까.

사실 아직도 하늘을 날진 못한다. 날갯짓을 수천 번 반복했는데도 불구하고 공중에 떠 있을 수 없다는 건, 하늘이 내 무대가 아닌 것이다. 그저 그뿐인 것이다. 아무렴 어떤가. 날지 못해도 행복한 새는 수없이 많다. 어쨌거나 노력했다는 사실은 변하지 않으니, 그걸로 된 것이다. 덕분에 땅에서 행복할 수 있는 새가 되었으니, 그걸로 된 것이다. 행복은 언제나 내가 서 있는 곳을 기준으로 시작한다. 이를 결코 잊어선 안 된다.

어떤 포기는 나를 성장시킨다

살다 보면 많은 도전과 고난에 직면하게 된다. 노력과 시간을 투자하더라도 원하는 결과를 얻지 못하거나 목표에 도달하기가 어려울 때가 많다. 이런 상황에서 포기라는 단어는 내가 원하는 것을 포기하는 게 아니라 나 자신을 포기하는 것이라는 생각이 든다.

포기는 부정적인 영향을 준다. 목표를 달성할 수 없다는 생각이 들면, 자신감과 성공에 대한 신념을 동시에 잃어버리게 된다. 더 이상 도전하지 못하는 사람이 되는 것이다.

하지만, 어떤 포기는 긍정적인 영향을 주기도 한다. 포기를 제대로 다룰 줄 알면 더 먼 미래를 보는 사람이 된다. 실패한 이유를 분석하고 그것으로부터 무엇을 배울 수 있는지 고민하는 시간을 가질 수 있다. 나의 한계가 어디인지 파악하고 더 나은 방향으로 나아갈 수 있는 방법을 찾을 수 있다.

모든 것을 이루며 살 수는 없다. 그렇기 때문에 선택을 해야 한다. 더 중요한 것에 집중할 수 있게, 더 의미 있는 삶을 살 수 있게 만들어 주는 포기가 무엇인지 알아야 한다.

나는 더 나은 인생을 찾기 위해 냉정하게 포기한다. 포기라는 단어를 두려워하지 않기 때문이다. 삶의 목표와 방향을 정확히 인지하고 있다면, 포기는 걸림돌이 되지 않는다. 어떤 포기는 나를 성장시키기도 한다.

감정에게 패배하지 않도록

좋은 일과 나쁜 일. 살다 보면 반드시 마주하게 되는 두 가지 일이다. 좋은 일을 마주했을 때 기쁨을 극대화하는 어떤 효과적인 자세가 있다. 큰 소리로 웃거나 춤을 추는 행위가 그렇다. 나쁜 일도 똑같다. 슬픔을 극대화하는 어떤 효과적인 자세가 있다. 표현하지 않고 마음에 담아 두거나 끊임없이 슬픔에 대해 생각하는 행위가 그렇다.

기쁨이 늘어나는 건 좋은 일이다. 그러나 슬픔이 늘어나는 건 좋은 일이라고 느껴지지 않을 때가 많다. 그 누가 더 슬퍼지고 싶겠는가. 대부분의 사람은 나쁜 일을 마주했을 때 화를 내거나 눈물을 흘리는 등의 격한 반응을 보인다. 나쁜 일을 받아들이는 것에 서툰 감정이 어쩔 줄 몰라 요동치는 탓이다.

마음에 들지 않는 나쁜 일은, 마음에 들지 않는 좋은 일처럼 받아들이면 된다. 좋은 일이 있어도 내키지 않으면 덤덤하게 받아들이는 것처럼, 나쁜 일도 내키지 않는다면 덤덤하게 받아들일 줄 알아야 한다는 말이다.

슬픔을 최소화시키는 효과적인 방법을 가져야 한다. 덤덤한 자세를 가지면 나쁜 일에도 감정이 요동칠 일이 없다. 슬픔으로 인해 연약해지는 것이 아니라, 연약하기에 슬픔이 나를 잡아먹는 것이다.

나와 소통한다는 것

남과 소통하는 것은 쉬운데 나와 소통하는 것은 어렵다. 표정이 변하는지, 눈동자가 흔들리는지, 목소리가 떨리는지 정확하게 알 수 없기 때문이다. 그래서인지 스스로와 잘 소통하지 않으려 한다. 많은 사람이 자신의 모습을 잃어 가는 것도 이런 이유 때문일 것이다. 삶이 모든 일이 그렇다. 어려우면 잘 안 하게 된다.

나 또한 내 모습을 정확히 모를 때가 있었다. 그래서 다른 사람에게 물어보곤 했다. 성격은 어떤지, 장단점은 무엇인지, 무의식적으로 튀어나오는 습관이 있는지를 물어봤다. 내 모습은 내가 찾아야 하는데 다른 사람으로부터 내 모습을 찾으려 했다. 그들이 좋은 사람이라 말하면 진짜 좋은 사람이 되는 줄 았았고, 나쁜 사람이라 말하면 나쁜 사람이 되는 줄 알았다.

스스로의 마음을 바라보기로 했다. 내가 좋아하는 것과 싫어하는 것이 무엇인지 생각해 봤다. 내 장점과 단점이 무엇인지 생각해 봤다. 처음에는 쉽게 답을 내릴 수 없었다. 처음 보는 낯선 이와 진지한 이야기를 나누는 느낌이었다. 내가 어떤 사람인지에 대해 답을 하나둘 내릴 때마다 진짜 내가 보이기 시작했다. 자기 객관화가 되기 시작한 것이다. 내 마음은 누구보다 내가 잘 아는데, 생각하지 않으니 까먹고 있었던 것이다.

나와 소통한다는 건 내 모습을 있는 그대로 들여다보는 것이다. 어떤 긍정적인 말을 스스로에게 건네는 게 아니라, 그저 나를 바라보는 것이다. 그로 하여금 내가 누구인지 알게 되는 것이다. 내가 마음을 보지 않으면 마음도 나를 보지 않는다. 역시 소통은 둘이서 하는 것이다. 나와의 소통이랄 것마저도.

이번엔 결과를 바꿀 수 있다

걱정이 생길 때 숨을 크게 내뱉는 습관이 있었다. 더 이상 숨을 들이켤 수 없을 정도로 많은 양의 공기를 흡입한 후에 코와 입을 통해 최대한 힘차게 공기를 뿜어냈다. 주변 사람에게 종종 비판을 받기도 했다. 한숨을 내쉬는 것이 좋게 보이지 않는다며 말이다. 하지만 나에게는 두려움을 없애 주는 나름 효과적인 방법이었다.

사람들이 한숨 내쉬는 것을 부정적으로 보는 이유는 그 본질이 부정적인 생각에 있기 때문일 것이다. 부정적인 생각과 함께 한숨을 내뱉으면 용기와 희망도 그 숨을 타고 따라 나가는 것처럼 느껴진다. 그러니 안 좋게 보일 수밖에 없다.

똑같은 한숨도 어떤 생각에 뿌리를 두느냐에 따라 결과가 달라진다. 부정적인 생각을 하면 한숨을 내뱉을 때 용기와 희망이 빠져나가지만, 긍정적인 생각을 하면 두려움이 빠져나간다. 마음가짐에 따라 똑같은 과정을 밟아도 전혀 다른 결과를 가져온다는 것이다.

인생도 마찬가지일 것이다. 과정이 같더라도 결과는 달라질 수 있다. 한숨을 내뱉는 똑같은 과정을 거치더라도 빠져나가는 것이 달라지는 것처럼, 실패를 마주했던 똑같은 과정을 밟게 되더라도 얻게 되는 결과는 얼마든지 달라질 수 있다.

긍정적인 생각을 하자. 그래야 좋은 것을 지키고 나쁜 것을 버릴 수 있다. 똑같은 과정에 낙담하지 말자. 이번엔 결과를 바꿀 수 있다.

나는 내 용기를 믿는다

두려움 없는 삶을 살고 싶다. 도전 앞에서 용기를 잃지 않고 목적지를 향해 가볍게 첫걸음을 내디딜 수 있는 그런 멋진 삶 말이다. 그동안 두려움으로 인해 첫걸음조차 내딛지 못한 적이 많다. 도전 자체가 두려웠다기보다는 실패를 마주하여 쓰러져 있는 나의 모습을 보게 될까 두려웠던 것 같다.

스스로를 믿고 용기를 내었다면 첫걸음의 무게를 쉽게 이겨 낼 수 있었을 텐데. 실패를 마주하여 쓰러지게 되더라도 다시 일어설 수 있는 잠재력이 있다는 것을 의심하지 않았을 텐데. 자신을 믿는 것에도 연습이 필요하다는 것을 이제는 뼈 저리게 느낀다.

이제는 나를 믿을 줄 아는 사람이 되어야겠다. 비록 서툰 과정으로 인해 발걸음을 멈추게 되더라도, 처참한 결과를 마주하여 주저앉게 되더라도 나를 믿어 보아야겠다. 나는 누구보다 열심히 노력할 줄 아는 사람이니까.

용기의 열기가 가득한 사람이 되어야겠다. 내가 용기의 불꽃을 꺼트리는 사람이 되면 그 누구의 격려도 결코 도움이 되지 않는다는 것을 이제 깨달았으니까. 스스로를 두려워하지 않는 삶을 살고 싶다.

당신이라는 책

인생이란 쓰이고 있는 한 권의 책과도 같다. 그 속에는 수많은 이야기가 담겨 있지만, 대부분의 첫 이야기는 불행한 경우가 많다. 누군가의 첫 이야기에는 상처와 슬픔만이 가득할 수도 있다. 누군가의 첫 이야기에는 자신의 의견이라곤 전혀 찾아볼 수 없는 무미건조하고 생동감 없는 내용만 가득할 수도 있다.

부정적인 내용으로 인생의 첫 이야기를 마주하게 된 이들은 결국 자연스럽게 독자의 입장에서 나머지 이야기를 마주하게 된다. 인생은 그저 누군가로 인해 쓰이는 것이며 자신은 그저 쓰인 이야기를 바라볼 뿐이라고 단정 짓게 되는 것이다.

안타까운 말이지만, 이미 부정적인 내용으로 이야기의 도입부가 시작되었다면 그것을 거스를 수는 없겠다. 그래서 우리는 더욱더 독자의 입장에서 벗어나야만 하는 것이다. 불행한 이야기에서 벗어나기 위해, 그리고 나만의 이야기를 직접 써 내려가기 위해. 그러니까, 적어도 내 인생에서만큼은 내가 주도권을 쥐어야 한다는 것이다.

인생의 펜을 손에 쥐는 순간, 두 번째 이야기는 오로지 나만의 것이 된다. 지금까지와는 전혀 다른 새로운 인생을 써 내려갈 수 있게 되는 것이다. 부정적인 첫 이야기로 인해 불안한 마음도 들겠지만, 결코 주눅 들 필요 없다. 써보기 전까진 아무도 모른다. 인생의 모든 것이 그렇다. 해보기 전까진 결코 모른다.

사람은 스스로의 이야기를 써 내려갈 때 비로소 삶의 의미를 찾는다. 누군가가 규정지은 자신의 모습이 아닌, 스스로가 규정지은 자신의 모습을 마주할 수 있다. 인생이라는 거대한 세계관에서 자신이 누구인지, 자신이 왜 존재하는지, 자신이 무엇을 해야 하는지를 스스로가 이야기를 써 내려가며 깨달을 수 있는 것이다.

슬픔이 가득한 첫 번째 이야기를 마주했을지라도, 슬픔을 모두 잊어버릴 수 있을 만한 거대한 행복이 담긴 두 번째 이야기를 써 내려가기를 바란다. 남은 인생이 당신에게 써 내려지기 위해 애타게 기다리고 있다. 당신은 그저 펜을 손에 쥐기만 하면 된다. 삶은 그 순간 새롭게 거듭날 것이다.

인생의 주인공은 그 누구도 아닌 바로 자기 자신임을 잊어선 안 된다. 당신의 이야기는 비록 슬프게 시작했을지 몰라도, 당신이 써 내려갈 이야기의 끝에는 행복만이 가득할 것을 믿어 의심치 않는다.

느려도 괜찮다

대개 사람이 자책하게 되는 건 한 가지 이유로 좁혀지는 듯하다. 시간을 낭비했다는 생각에서 오는 상실감이 그 이유다. 시간이 흘러도 달라지지 않는 모습과, 그 모습을 더욱더 참혹하게 만드는 결과를 수차례 마주하고 나니, 모든 문제의 원인과 책임을 자신에게 돌리는 것이다.

어쩌면 당연한 반응일 것이다. 시간이 아무리 흐른다 한들 달라지는 게 아무것도 없다면, 앞으로 나에게 다가올 모든 시간이 무의미하게 느껴질 테니 말이다. 목적지가 가까워지지 않는 삶을 행복이라는 단어로 포장할 수 있는 사람은 없을 것이다.

질릴 틈 없이 쓰러지고, 견디기 힘들 만큼 버거운 것이 인생이다. 안타깝지만 이를 부인할 수는 없다. 그러나, 명심해야 할 것이 있다. 조금 느려도 괜찮다는 것이다. 전혀 움직이지 못해도 괜찮다는 것이다. 설령 퇴화하고 있다 해도 정말 괜찮다는 것이다.

그저 살아 숨 쉬고 있다는 것 자체만으로도 이미 당신은 충분히 잘 해내고 있는 것이다. 고된 인생을 마주했는데도 불구하고 여전히 살아 숨 쉬기로 마음먹었다는 것 자체만으로, 이미 충분히 잘 해내고 있는 것이다.

딱 한마디만 해주고 싶다. 혼자서 모든 것을 다 이겨 내려 한다면 인생은 더욱더 두렵게 다가올 수밖에 없다는 것을. 사람의 마음도 그렇다. 혼자서 전부 감당해 내려면 너무 힘들다. 우리는 그저 혼자서 감당할 수 없는 벅찬 가슴을 누군가와 서로 맞대고, 간신히 머리를 기댈 수 있는 좁디좁은 어깨를 빌려주며, 서로가 서로를 지탱하며 살아가는 수밖에 없다.

밝게 빛나지 않아도 전혀 문제될 게 없다. 아름다운 삶에 놓여 있지 않아도 괜찮다. 혼자서 밝게 빛날 수 없을 땐 서로가 서로의 등대가 되어 주면 될 일이다. 혼자서 아름다울 수 없을 땐 서로가 서로의 아름다운 꽃 한 송이가 되어 주면 될 일이다.

앞에 무엇이 놓여 있는지, 무엇이 놓이게 될지 걱정하는 일은 이제 그만두었으면 좋겠다. 그보다는 앞에 무엇이 놓이게 되더라도 마음에 담아 두지 않고 여정을 이어 나갈 수 있는 당신이 되었으면 좋겠다.

당신은 이미 충분히 잘 해내고 있음을 잊지 말자. 결과가 마음에 들지 않더라도, 혹은 전보다 더 안 좋은 결과를 마주하더라도 너무 마음 깊이 담아 두지 말자. 당신은 지금 있는 그대로도 충분히 아름답다.

슬프다는 건 노력했다는 증거

과거를 표현하는 수많은 단어들 중에서 가장 부정적으로 느껴지는 단어는 슬픔이라는 단어일 것이다. 그럴 만도 하다. 웃음 가득한 즐거운 시간만 있다면 기쁨이라는 단어로 포장할 수 있겠지만, 눈물 가득한 우울한 시간만 있다면 그것을 기쁨이라 부를 순 없을 테니 말이다. 슬픔은 늘 괴롭고 아파서 좋게 볼 만한 이유가 없다.

나는 최근에 슬픔이라는 단어를 긍정적으로 바라보면 어떨까 하는 생각을 했다. 안 그래도 괴롭고 아픈데, 그런 처지에 놓인 나에게 굳이 채찍질할 필요가 없다고 느낀 까닭이었다.

이윽고 슬픔의 새로운 정의를 만들었다. 곰곰이 생각해 보니 지금까지 인지하지 못했던 것을 비로소 깨닫게 되었다. 슬픔으로 포장한 모든 과거에는, 뜨겁게 불타오르는 나의 열정과 헌신적인 노력이 늘 함께 있었기 때문이다.

슬프다는 건 그만큼 노력했다는 뜻이다. 노력하지 않았다면 슬프지도 않았을 것이다. 흐르는 눈물만큼 땀방울을 흘렸을 것이 분명하다. 그러니 노력했다는 것을 부정적인 단어로 포장하기보다, 긍정적인 단어로 포장하고 찬사를 보내야 마땅하다. 박수를 보내도 모자란데, 미흡한 결과의 책임을 스스로에게 돌리며 채찍질할 이유가 없다.

슬픔을 긍정적으로 바라볼 줄도 알아야 한다. 마음에 드는 결과를 만들어 내는 것보다 마음에 드는 과정을 만들어 내는 것이 더 어려운 일이다. 당신은 좋은 과정을 만들었다. 당신은 분명 잘했음을 잊지 말자.

그러니 이제부터는 슬픔이 가득한 과거가 아닌, 노력이 가득한 과거로 부르기로 하자. 과거를 결정짓는 것은 결국 나 자신이다. 기왕이면 내 과거에 긍정적인 단어를 많이 심어 주자.

긍정적인 말은 긍정적인 순간을 만든다.

나에게 좋은 말을 건네자.

잘했으니, 앞으로도 잘 할 것이라고.

먼 곳을 바라볼 줄 알아야 한다

사람을 두 가지 부류로 나누라면, 점차 성장해 나가는 자와 전혀 성장하지 못하는 자로 나눌 수 있을 것이다.

성장이란 인생에 있어서 가장 중요한 부분이라 해도 과언이 아니다. 점차 성장해 나가는 모습을 보면 서툴렀던 과거가 생각나며 행복한 미소가 절로 나온다. 과거의 모습과 비교해도 변화가 느껴지지 않는다면 불행한 한숨만 나올 것이다.

성장의 씨앗은 실패를 받아들이는 마음을 양분 삼아 뿌리를 내린다. 실패는 인생을 살아가며 필연적으로 마주하게 되는 녀석이다. 누구에게나 처음은 어렵다. 어려운 것을 처음부터 긍정적인 결과로 받아들일 수 있는 사람은 없다. 부정적인 결과를 마주하게 되는 것은 어쩌면 당연한 과정이고 한 번쯤은 겪어야 하는 결과인 셈이다.

중요한 것은, 부정적인 결과를 어떻게 받아들이느냐. 능력이 부족하다며 자책할 수도 있고, 부족함을 인정한 뒤 개선해 나갈 수도 있다. 모든 것은 나의 선택에 달렸다. 나에게 어떤 능력이 부족했는지 깨닫는 순간 앞으로 다가올 미래의 모습은 순식간에 달라진다.

눈을 뜨면 인지할 수 있게 된다. 형태를 알 수 없는 두려운 미래가 아닌, 어디선가 한 번쯤 보았던 익숙한 두려움이 다가온다는 것을. 눈을 뜨고 실패를 제대로 마주함으로써 미래를 바라보는 통찰력이 생기는 것이다.

살다 보면 셀 수 없이 많은 실패를 겪게 된다. 기왕이면 실패가 두려워 무작정 피하려 하지 말고 적극적으로 마주하여 자신의 것으로 흡수하는 당신이 되었으면 좋겠다. 실패라는 단어를 무조건 부정적으로 바라보지 않았으면 좋겠다.

당신이 보아야 할 것은 가까운 목적지가 아닌 먼 목적지다. 최후의 목적지에 용기 있게 서 있는 사람은 수많은 실패를 자신의 것으로 만들었다. 당신이 최후의 목적지에 용기 있게 서 있는 사람이 되었으면 좋겠다. 그리고 그렇게 될 것임을 굳게 믿는다.

쥐기 전까지 내 것이 아니다

열정. 이 강렬한 불꽃은 언제나 마음속 깊은 곳에서 시작해 마음에서 가장 먼 곳, 손끝을 떠나며 사라진다. 이 말은 어떤 열정이든 마음속 깊은 곳에서 시작해야 한다는 뜻이기도 하지만, 아무리 거대한 열정이라 해도 내 손으로 쥐지 못하면 내 것으로 만들 수 없다는 뜻이기도 하다.

주변을 둘러보면 자신을 믿지 못해 마음속에서 피워 낸 불꽃을 끝내 손에 쥐지 못하는 사람이 많다. 반복된 실패를 경험해 도전이 두려운 것일 수도 있지만, 스스로를 과소평가하여 쉽게 도전하지 못하는 경우가 더 많다.

가능성이라는 단어를 잠시 내려 둘 줄 알아야 한다. 결과에 숫자를 덧붙이는 것보다 미련한 일이 또 없다. 좋은 결과를 가져올 확률이 99%인 것도 단 1%의 확률로 인해 실패했을 때의 모습을 떠올리게 된다. 그 1%가 사람을 가로막는다. 모든 두려움은 좁쌀만한 크기로 시작하는 법이다. 싹을 잘라 내야 한다.

중요한 건 성공과 실패가 아니라 신뢰와 불신이다. 가장 멋있는 사람은 자신이 가진 고유의 멋을 스스로 믿는 사람이다. 가장 현명한 사람은 자신이 가진 지혜를 스스로 믿는 사람이다. 가장 행복한 사람은 자신이 내린 선택을 스스로 믿는 사람이다. 스스로를 믿지 못하면 아무리 예리한 검을 지녔다 해도 종이 한 장 베지 못한다. 믿음 없는 열정은 오래가지 못한다는 뜻이다.

마음속에서만 있는 불꽃은 금방 죽는다. 아무리 강렬하게 타오를지라도 생각이라는 폭풍에 휩쓸려 금세 힘을 잃는다. 반면, 작은 불씨라 할지라도 손으로 굳게 움켜쥐면 그 불씨는 흔들리지 않고 서서히 몸집을 키운다. 결국 나의 것이 되어 인생을 통째로 바꾼다. 꾸준히 오래가기 위해선 마음이 흔들리지 않아야 한다는 뜻이다.

생각은 잠시 접어 두자. 마음에 불꽃이 타오르기 시작했다면 일단 믿어 보자. 손으로 굳게 움켜쥐어 보자. 나를 향한 믿음이 확고해질 때, 비로소 그 열정이 삶으로 뿜어져 나가기 시작한다.

움켜쥐면 내 것이 되고, 움켜쥐지 않으면 흔적마저 사라지게 된다. 그리 어려운 일이 아니다. 그저 믿기만 하면 된다. 나는 잘 해낼 것이라고.

먹구름은 지나가기 마련이다

삶의 힘든 순간은 대개 생각지도 못할 때 찾아온다. 건강하다고 생각했던 몸에 갑자기 질병이 발견될 수도 있다. 사소한 이유로 인해 소중한 사람에게 뜬금없는 이별 통보를 받을 수도 있다. 무조건 통과할 것이라 생각한 시험에 불합격 통보를 받을 수도 있다.

갑자기 힘든 순간이 찾아오면 하늘이 무너져 내린 것 같은 느낌이 든다. 지금까지 쏟아부은 시간과 노력이 한순간에 물거품으로 돌아간 것 같으니 말이다. 이를 기분 좋게 바라볼 수 있는 사람은 없을 것이다.

아쉬운 말이지만, 인생에는 때때로 피할 수 없는 어려움같은 게 꼭 있다. 반드시 걸려 넘겨져야 하는 돌부리가 있다는 것이다. 이렇게 힘든 순간이 찾아왔을 때 가장 중요한 것은 자기 자신을 믿어 주는 일이다. 나는 고난과 역경을 이겨 낼 수 있는 사람이라고, 이번 일을 계기로 한 층 더 성장할 것이라고 믿어 주어야 한다. 내가 나를 믿지 않으면 다른 사람도 나를 믿지 않는다. 부정적인 생각만 하는 사람에게 긍정적인 사람이라고 말해 주는 사람은 없다. 자신감이 없는 사람에게 자신감 넘치는 사람이라고 말해 주는 사람은 없다. 그렇기 때문에 스스로가 먼저 자신이 긍정적이고 자신감 넘치는 사람임을 인정해 주어야 한다.

사람은 스스로를 인정할 때 그 방향으로 발을 한 걸음씩 더 내딛는다. 내가 믿는 방향으로 성장해 나간다는 뜻이다. 칭찬은 고래도 춤추게 한다. 마음속에 있는 커다란 영향력을 지닌 작은 고래가, 긍정적인 말 한마디를 들으면 엄청난 파동을 일으키며 요동치기 시작한다.

당신은 잘 헤쳐 나갈 것이다. 이 사실을 세상 그 누구보다 자신이 먼저 스스로에게 알려 주자. 내가 당신을 믿을 테니, 당신도 자신을 믿어 주었으면 좋겠다. 결국 당신은 그 무엇이든 해낼 사람이다. 노력은 배신하지 않는다. 고통은 한순간이다. 먹구름은 지나가기 마련이다. 당신은 할 수 있다.

행복은 안에서 밖으로 간다

살면서 깨달은 것 중 하나는, 스스로를 사랑할 줄 알아야 행복해진다는 것이다. 자신을 사랑할 줄 알아야 마음의 긍정적인 부분이 활성화되어 건강한 생각을 할 수 있게 되는 까닭이다. 결과적으로 다른 사람까지 힘껏 사랑할 수 있는 사람이 된다.

최근 들어 주변을 살펴보면 자신을 사랑하는 일의 의미가 꽤나 왜곡되어 있음을 느낀다. 값비싼 액세서리를 몸에 두르거나, 감당할 수 없는 비용을 지불하며 특급호텔에서 머무는 일. 이런 모습을 SNS에 업로드하여 자신의 일상을 보여 주려는 모습이 자주 보인다.

물론 이런 행동을 통해 잠깐 동안은 즐거울 수 있을지도 모른다. 그러나, 그 즐거움을 행복이라고 착각해서는 안 된다. 그렇게 만들어진 즐거움은 결국 시간이 지나면 마음속에서 서서히 빠져나가 버린다. 시간이 흐르면 마음이 다시 공허해지게 되는 것이다.

자신을 사랑하라는 말의 진짜 의미는 내 삶이 만족스럽다는 것을 스스로가 인지하라는 것이다. 누군가는 책 한 권이 주는 교훈을 통해 내 인생이 꽤나 행복한 것이었음을 인지하기도 한다. 누군가는 평소 만나지 않던 지인을 만나며 내 인간관계가 꽤나 잘 구축되어 있음을 인지하기도 한다.

내 삶이 만족스럽다는 것을 스스로 인지하는 순간, 인생은 눈부시도록 밝고 화려한 빛줄기로 변한다. 잠깐 동안 머물렀다 사라지는 즐거움과는 달리, 평생 내 곁에 머무는 즐거움이 되는 것이다. 모든 상황을 긍정적으로 받아들일 수 있게 되고, 입가에는 건강한 미소가 자리 잡게 된다.

이 세상 그 누구보다 당신이 가장 행복했으면 좋겠다. 그리고 그 행복이 누군가에게 보여 주려는 행복이 아닌 스스로에게 보여 주려는 행복이었으면 좋겠다. 당신이 진짜 즐거움을 누렸으면 좋겠다.

행복은 밖에서 안으로 들어오는 것이 아니다.
행복은 안에서 밖으로 나아가는 것이다.

나라는 사람

십여 년 전, 인적이 드문 곳에서 철학을 공부하는 스승님을 만났다. 스승님은 '나는 누구인가?'라는 질문에 답을 내려보라고 했다. 아주 간단한 질문이었지만 쉽사리 답을 내릴 수가 없었다. 스스로조차 내가 누구인지 깊게 생각해 보지 않은 까닭이었다.

가장 먼저 떠오른 것은 너무나도 형식적인 내용이었다. 이력서에 기입했던 이름, 나이, 거주지와 같은 인적 사항뿐이었다. 그제야 깨달았다. 이런 인적 사항으로는 내가 누구인지 충분히 알 수 없다는 것을.

내가 누구인지에 대해 작은 종이 한 장을 채우기까지 두 달이 걸렸다. 대기업에 들어가기 위한 자기소개서를 적는 것도 아닌데 말이다. 내가 누구인지 정의 내려야 한다는 목적을 가지니 한 문장조차 끝맺는 것이 어려웠다. 한 문장 한 문장 마침표를 찍을 때마다, 문장 속에 들어가는 단어를 선택할 때마다, 오랜 시간 동안 생각해야 했고 신중에 신중을 기울여야 했다.

'나는 누구인가?'라는 질문이 정말 어려웠던 이유는 정답이 존재하지 않았기 때문이다. 문제와 해답이 동시에 공존하는 사회에서 자라 온 터라, 답 없는 질문에 답을 내린다는 것이 애초에 머릿속에서 성립될 수 없었다.

두 달 후, 종이를 빼곡하게 채워 스승님에게 전달했다. 그리고 종이를 전달받은 스승님은 내용을 읽어 보지도 않은 채 한 치의 망설임도 없이 종이를 찢어 버렸다. 두 달의 노력이 물거품으로 돌아간 것 같아 허탈했다.

그 후 돌아온 대답은 아직도 뇌리에 박혀 잊히지 않는다. 내용을 읽어 보지 않은 것은, 앞으로 인생을 살아갈 때 누군가에게 보여 주기 위한 노력이라면 굳이 하지 않아도 괜찮음을 일깨워 주기 위함이라고 했다.

또한, 두 달이라는 시간 동안 나를 돌아본 그 행동 자체가 정답이라 했다. 이미 남들보다 앞서간 것이라고. 평생 단 한 번도 자신이 누구인지 생각하지 않고 사는 사람이 많다고.

내가 누구인지 아는 것보다 중요한 게 또 없다. 삶의 중심은 바로 나 자신이기 때문이다. 많은 사람이 현실이라는 울타리에 갇혀 자신의 진짜 모습을 잃어 가고 있다. 내가 누구인지 알게 되는 순간 울타리 밖으로 나갈 수 있는 용기가 생긴다. 용기가 있어야 한다. 나로 살아갈 수 있는 강력한 용기가.

당신은 하나의 세계다. 그 세계의 주인공은 바로 당신이다. 그걸 잊어선 안 될 것이다. 그러니 생각해 보았으면 한다. 당신은 진정 누구인지를.

성공은 벗어나는 것이다

모든 사람이 성공을 갈망한다. 암묵적으로 약속이라도 한 것처럼 말이다. 태어나는 순간부터 성공이라는 단어를 손에 거머쥐기 위해, 자신이 세워 둔 목적지에 도달하기 위해, 열심히 달리고 또 달린다.

과정은 늘 씁쓸하다. 목적지를 너무나도 높게, 너무나도 험난한 길의 마지막 언저리에 세워 둔 탓이다. 달리는 과정에서 돌부리에 걸려 넘어져 눈물 흘리기도 하고, 능력 부족을 탓하며 용기의 불씨를 완전히 꺼트리기도 한다.

인생 최대의 실수다. 넘어지거나 능력이 부족한 게 실수라는 말이 아니다. 성공이 적힌 팻말을 엉뚱한 곳에 박아 둔 것이 인생 최대의 실수라는 말이다.

내 목적지가 내 의지로 만들어진 것인지 되돌아볼 필요가 있다. 많은 사람이 목적지를 잘못 설정하곤 한다. 타인의 시선과 목소리를 그대로 반영하기 때문이다.

타인으로 인해 생긴 목적지는 힘들게 노력하여 도달한다 해도 의미가 없다. 결국 타인에게 보여 주기 위한 행동의 결과물이기 때문이다. 성취감과 뿌듯함이 자신에게 흡수되는 것이 아니라 타인에게 흡수되어 버린다.

내 인생의 목적지는 온전히 내 생각만을 반영하여 세울 필요가 있다. 성공이란 타인의 마음을 통해 만들어지는 것이 아닌, 자신의 마음속에서 빚어내는 결과물이다.

목적지가 높게 위치해 있지 않더라도, 험난한 길의 마지막 언저리에 위치해 있지 않더라도, 온전히 자신의 마음속에서 만들어졌으며, 자신의 마음에 드는 것이어야만 한다. 사소한 것일지라도, 자신의 마음에 드는 것을 성취했다면, 그야말로 진짜 성공한 삶이겠다.

성공에 대한 걱정이 많은 것을 이해한다. 걱정 고민이 많다는 건 그만큼 스스로를 사랑한다는 것이다. 그러니 이제는 스스로를 사랑하는 만큼 타인의 시선에서 벗어났으면 좋겠다.

감정을 다스릴 줄 알아야 한다

우리는 넓고 깊은 감정의 바다에 표류하며 살아간다. 때론 분노라는 파도에 휩쓸려 이성을 잃어버리기도 하고, 때론 슬픔이라는 파도에 휩쓸려 미소를 잃어버리기도 한다.

이성을 잃어버리면, 내뱉는 단어들이 마음을 거치지 않고 입 밖으로 튀어 나간다. 상대방의 마음을 배려하지 않은 말을 실수로 내뱉게 된다. 말의 거친 부분을 다듬지 않았기 때문에 상대방 마음속에 그대로 박혀 버리는 게 된다.

미소를 잃어버리면, 모든 생각이 마음속에 파묻혀 입 밖으로 나가지 않게 된다. 그로 인해 견뎌 낼 수 없는 생각이 머릿속에 계속 맴돌게 된다. 입 밖으로 감정을 내뱉지 않았기 때문에 마음속에 그대로 고여 버리는 것이다.

감정이란 게 이렇게 무섭다. 감정의 파도에 한번 휩쓸렸다는 이유 하나만으로, 사람의 인생이 단 몇 초 만에 송두리째로 바뀌어 버릴 수 있다. 게다가 감정의 파도에 휩쓸려 고장나 버린 마음은, 정상적인 모습으로 회복되는 데에도 아주 오랜 시간이 걸린다.

사실, 감정의 파도에 휩쓸리지 않는 방법은 생각보다 간단하다. 마음속에 파도가 일어나지 않도록 스스로가 감정의 바다를 통제하면 된다. 이 세상에서 오로지 나만이 컨트롤할 수 있는, 그 누구도 절대 침범할 수 없는 감정의 바다를 다스리면 된다는 말이다. 핵심은 휩쓸리지 않는 것이 아니라, 통제하는 것이다.

마음속 파도가 일어나는 순간에, 숨을 크게 들이마셔 보자. 두 눈을 살포시 감아 보자. 집중해서 10초를 세어 보자. 만약 감정의 파도가 일어나기 시작한다면, 파도가 지나간 뒤에 자신이 잃게 될 것들을 생각해 보자.

어떤 방법이 되었든 감정의 바다를 통제할 수 있는 자신만의 방법을 만들자. 결국 감정을 다스릴 수 있는 것은 자기 자신뿐이니까. 감정을 다스리지 못하면 자신을 잃어버리게 됨

을 명심하자. 자신을 잃어버리면 모든 것을 잃어버리게 됨을
명심하자.

당신을 이길 수 있는 것은 오로지 당신뿐이다. 그러니 다른
누군가로 인해 마음에 상처가 날 필요가 없다. 세상에서 가장
중요한 것은, 나 자신을 잃지 않는 것이다.

여전히 청춘이 있다

요즘 주변을 보면 공장에서 사람을 찍어 내는 듯 보인다. 10대는 보다 좋은 대학을 가기 위해 시간을 보내야 하며, 20대는 보다 좋은 사회에 몸을 담그기 위한 시간을 보내야 하며, 30대는 보다 좋은 가정을 꾸리기 위한 시간을 보내야 하며, 40대는 보다 좋은 길로 자식을 인도하기 위한 시간을 보내야 한다고 말이다.

슬픈 사실이지만, 50대가 넘어서야 비로소 뒤늦게 자신을 다시 되돌아볼 찰나의 시간이 주어지게 된다. 그리고 이렇게 주어진 회상의 시간에 대부분의 사람들이 자신의 과거를 후회하기 시작한다. 평범한 길이 무조건 옳은 길이 아니었다는 것을, 평범하지 않은 길이 무조건 틀린 길이 아니었다는 것을 비로소 깨닫기 시작한다.

안타깝게도, 우리는 깨달음을 얻기 전까지 자신만의 길을 걸어가는 사람을 이상하게 쳐다보기 바쁘다. 모든 사람들이 걸어가는 평범한 길에서 조금이라도 벗어나는 행위를 하는 것이 눈에 보이면, 틀린 길이라며 멍청한 짓이라며 온갖 비난과 비판을 하기 시작한다.

이런 모습을 볼 때면, 인생을 어떻게 살아가야 하는지 일찍 깨달을 수 있는 방법이 적힌 인생 설명서가 어딘가에라도 있었으면 하는 바람이 굴뚝같다.

가장 아름다운 색을 단정 지을 수 없듯, 가장 옳은 길 또한 단정 지을 수 없다. 자신만의 색을 만들어 가는 과정에서 누군가의 비난을 받는다면 오히려 뿌듯해하자. 먼 훗날에 자신만의 색이 없는 사람들이 당신을 부러워하게 될 테니까.

인생의 길은 자신이 만들어 가는 것이지 다른 사람이 만들어 주는 것이 아니다. 그러니 자신에게 믿음을 주고 확신을 가진 채로 힘차게 당신의 길을 걸어갔으면 좋겠다. 당신은 진짜 당신이길 바란다.

비교는 비교를 낳는다

주변에는 '비교'라는 단어의 울타리에 갇혀 살아가는 사람이 생각보다 많다. 우리는 서로 다른 모습으로 서로 다른 것을 하도록 태어났는데, 주변을 둘러보면 모든 사람이 똑같은 목표를 가지고 누가 더 우월한지 경쟁하기 바쁘다.

우리는 서로 다른 인격을 가지고 태어났다. 그렇기 때문에 하고 싶은 것이 있다면 해야 하는 것이 맞다. 자신에게 필요하지 않은 것이라면 굳이 하지 않아도 되는 것이 맞다. 자기 자신만의 고유의 삶을 살아가는 것이 전혀 틀린 행동이 아니라는 말이다.

그럼에도 불구하고 모든 사람이 똑같은 목표를 가지고 서로 경쟁하는 이유는, 우리에게 정해진 시간이 너무나도 짧고 한정적이기 때문이다. 정해진 시간 속에서 자신과 비슷한 시간을 살아온 누군가보다 뒤처지지 않아야 한다는 심리적인 압박감으로 인해 경쟁이 시작된다.

하지만 당신에게 말해 주고 싶다. 정해진 시간이 한정적이기 때문에 더욱더 자신만의 삶을 개척해 나가야 한다고.

그 누구와도 자신을 비교하려 하지 말고, 당신이 하고 싶은 것들에 전념했으면 좋겠다. 설령 남들에게 비교 대상이 된다고 하더라도, 당신만의 것을 만들어 나가다 보면 어느샌가 그 누구도 범접할 수 없는 남부럽지 않은 당신만의 세계를 갖게 될 것이다.

비교라는 단어에 갇혀 평범한 인생을 살아가지 않았으면 좋겠다. 그러니 당신이 걸어가는 길을 스스로가 믿어 주고 포기하지 않았으면 좋겠다. 당신이라면 할 수 있으리라 굳게 믿는다.

부디 잘 살았으면 좋겠다

슬픈 말처럼 들리겠지만, 이별이란 인생을 살면서 필연적으로 찾아오는 녀석이다. 그리고 이별을 마주하게 될 때는 제대로 된 생각을 하는 것이 굉장히 힘들다. 너무나도 슬픈 감정들이 머릿속에 한가득 차 있는 까닭이다.

이렇게 힘이 들 때는 마치 약속이라도 해놓은 것처럼 자신에게 모든 문제의 책임을 떠넘기며 후회하기 시작한다. 말 한마디를 조금만 더 예쁘게 내뱉었다면, 행동 하나하나를 조금만 더 신중하게 했었다면 결과가 달라졌을까 자신에게 되묻는다.

자신에게 모든 책임을 떠넘기며 후회만 해서는 과거의 늪에 빠져 현재도 미래도 모두 잃어버리게 된다. 자신의 선택이 정말 잘못된 것이었을지라도, 후회만 해서는 아무것도 달라지지 않는다. 오히려 더 깊은 감정의 나락에 자신을 밀어 넣게 된다.

중요한 것은 마음가짐이다. 자신에게 모든 책임을 떠넘기는 것은 이제 잠시 접어 두자. 당신은 그때의 상황에서 최선의 선택을 내렸을 테니, 그 마음을 몰라준 사람들에게 책임을 묻는 습관을 들이자. 당신에게는 그럴 만한 자격이 있다. 그러기 위해서 가장 중요한 것이 자책하지 않는 것이다. 당신은 충분히 잘했고 노력했으며 최선을 다했으니까 그걸로 된 것이다.

당신이 부디 잘 살았으면 좋겠다. 그것이 내 마음을 몰라준 사람들을 향한 최고의 복수다. 당신이 행복하게 웃고 즐겁게 사는 모습을 보여 주면 상대방도 조금은 생각이 달라질 테다.

과거의 슬픈 기억으로 인해 후회의 늪에 빠져 살지 않았으면 좋겠다. 당신에게 남겨진 화창한 미래가 곧 당신을 반갑게 맞이할 테니까.

회복을 방해하는 것들

　살다 보면 마음에 상처가 생기는 일이 종종 있다. 어떤 상처들은 마음속 깊은 곳에 틀어박힌다. 게다가 마음속 깊은 곳에 상처가 생기면 자신도 모르게 스스로를 갉아먹는 버릇이 생긴다. 그로 인해서 마음의 상처가 아물지 못하게 되는 것이다. 마음의 치유를 방해하는 행동은 몇 가지가 있다.

　첫째, 미안하다는 말을 습관적으로 한다. 자신이 잘못한 게 없음에도 불구하고, 마치 자신이 잘못한 것처럼 미안하다는 말을 한다. 일단 미안하다는 말을 하면 현재 상황을 회피할 수 있고, 문제를 회피할 수 있다면 마음에 상처를 받지 않을 수 있다고 판단하는 것이다.

　둘째, 표정이 다채롭지 못하다. 마음에 상처가 많은 사람은 또 다른 상처를 피하기 위해서 자신의 표정을 숨기려는 경향이 있다. 자신의 표정이 마음에 들지 않아 하는 누군가에게 부정적인 의견을 듣게 될까 두려운 것이다.

셋째, 자신이 무능력하다고 생각한다. 안 좋은 상황이 생기면 모든 원인을 자신의 능력 부족으로 돌린다. 자신이 조금만 더 뛰어난 사람이었다면 좋지 못한 상황이 일어나지 않았을 것이라 단정 짓는 것이다.

마음속 깊은 곳에 상처가 있는 사람은 이렇게 부정적인 생각을 많이 한다. 이럴 때 부정적인 생각을 끊어 내지 않고 계속 방치하게 되면 결국 그 생각이 실제 자신의 모습이 된다.

부정적인 생각들이 자신의 모습이 되기 전에 바로잡는 것이 중요하다. 자신이 잘못하지 않은 일에 사과하지 않아도 아무 일도 일어나지 않고, 다채로운 표정을 지어도 아무 일도 일어나지 않고, 능력이 조금 부족해도 아무 일도 일어나지 않는다는 것을 깨달아야 한다.

아쉽지만 마음의 상처는 누군가가 치료해 줄 수 없다. 그래서 스스로가 자신에게 최선을 다해야 하는 것이다. 부정적인 생각에 정신이 잡아먹히면 안 된다는 것을 명심하자.

마음속 상처가 회복되지 않는 것은 스스로가 상처를 계속 파내기 때문이다. 그러니 이제는 마음의 상처가 회복될 수 있도록 스스로에게 긍정적인 생각을 할 시간을 주었으면 좋겠다. 당신은 마음에 상처받지 않아도 될 참 괜찮은 사람이니까.

이것도 할 수 있는 사람

확신을 가지고 도전한 무언가를 크게 실패하게 되면 자존감이 나락으로 떨어지게 된다. 자신의 선택이 틀렸다는 죄책감과, 앞으로의 선택도 틀릴 것이라는 두려움이 동시에 생기게 된다.

자존감이 일정 수치 이하로 떨어지게 되면 제대로 된 하루를 보낼 수가 없다. 아침에는 일어나자마자 무기력해져 있는 자신의 모습이 마음에 들지 않게 된다. 점심에는 다른 사람들과 비교되는 자신이 모습이 마음에 들지 않게 된다. 저녁에는 평소와 똑같은 하루를 보낸 자신의 모습이 마음에 들지 않게 된다.

자존감 부족은 자신을 갉아먹는다. 세상에 존재하는 모든 문제의 원인이 자신에게 있는 것처럼 느껴지게 된다. 모든 것이 전부 자신의 탓인 것만 같고, 자신에게 끊임없이 욕설을 퍼붓는다. 마음은 점점 황폐해지고 정신은 점점 녹슬게 된다.

자존감을 다시 끌어올리는 방법은 생각보다 간단하다. 자신에게 던지는 부정적인 말을 긍정적으로 돌려서 말하면 된다. "왜 이것밖에 못해?"에서 "이것도 할 수 있다니 굉장해."라고 돌려서 말하는 습관을 가져 보자.

스스로에게 긍정적인 말을 건네면 무의식적으로 미소가 나오게 된다. 다른 사람에게는 쉽게 건넬 수 있는 미소인데, 자신에게 건네는 미소는 유독 어려운 경우가 많다. 자신에게 긍정적인 말을 하는 능력이 부족해서 그렇다.

자신을 무시하는 부정적인 생각은 눈물이 따라온다. 하지만, 자신을 칭찬하는 긍정적인 생각은 미소가 따라온다. 쉽지 않더라도 자신에게 칭찬을 건네야 할 이유다.

부정적인 것을 찾아내기보다는, 긍정적인 것을 찾아내는 습관을 길러야 한다. 스키 선수가 산을 타고 내려갈 때 나무를 피하려고 하면 촘촘하게 둘러싸인 나무밖에 보이지 않게 된다. 하지만, 눈길을 보려고 하면 훤하게 뚫려 있는 눈길만 보이게 된다. 마음가짐이 이렇게 중요하다. 자신이 무엇을 바라보느냐에 따라 자신의 길이 정해진다.

당신이 문제를 일으키고 있는 것은 아무것도 없다. 그러니 자신을 조금만 더 존중해 주었으면 좋겠다. 당신은 충분히 잘 할 수 있는 사람이니까.

나를 포기하는 관계

인생을 살아가는 데 있어 소통이란, 인간관계를 더욱더 끈끈하게 만들어 주는 역할을 하기도 하지만, 인간관계를 더욱더 멀어지게 하는 역할을 하기도 한다.

똑같이 10분을 대화하더라도 말이 잘 통하는 사람이라는 느낌이 드는 경우가 있고, 속이 꽉 막힌 답답한 사람이라는 느낌이 드는 경우가 있다.

말 한마디를 신중하게 하는 것도 물론 중요하지만, 그보다 더 중요한 것은 소통을 하는 과정에서 자신이 가진 문제점을 파악하고 해결하는 데 있다. 그리고 상당히 많은 사람들이 가지고 있는 문제점은 크게 두 가지가 있다.

첫째, 원하는 것을 확실하게 표현하지 못한다. 하고 싶은 말이 있다면 말할 줄 알아야 하고, 행동하고 싶은 것이 있다면 실행할 줄 알아야 한다.

자신의 의사가 없는 사람은 매력적으로 보일 수가 없다. 이런 상황이 지속되고 상대방이 이것을 느낀다면, 자신과 소통하기 싫어하는 사람이라고 생각할 수 있다.

둘째, 싫어하는 것을 심각하게 감추려 한다. 자신이 좋아하는 것을 말할 줄 안다면, 자신이 싫어하는 것도 말할 줄 알아야 한다.

상당히 많은 사람들이 상대방의 입맛을 맞추기 위해 자신을 포기하면서까지 싫어하는 것을 감춘다. 의도는 충분히 이해할 수 있으나, 자신을 속이는 이런 상황이 지속되면 결국 상처를 받는 것은 자기 자신뿐이다.

자신을 포기하면서까지 만들어야 하는 것은 인간관계가 아니다. 그러니 당신은 자신에게 먼저 솔직해졌으면 좋겠다. 당신은 충분히 매력적인 사람이니까.

삶의 해답이 그곳에 있다

인간이 가진 기질 중 유독 발달한 게 있다면, 그건 아마도 '관념'이 아닐까 싶다. 자신이 세운 기준으로 세상을 바라보게 되는 일 말이다. 흔히 말하는 고정관념, 강박관념, 경제관념 등이 여기에 속한다.

한 번 생긴 관념은 접착제처럼 쉽게 떨어지지 않아서 인생의 전반적인 부분에 영향을 주게 된다. 그 누구도 신경 쓰지 않는 것이지만, 땀구멍에서 식은땀이 흘러나올 만큼 예민해지는 것. 나에게는 중요하고, 필요하고, 해야만 하는 것들.

어쩌면 이런 관념들이 생기는 건 인간으로서 당연한 일일지도, 혹은 필요한 일일지도 모르겠다. 이 덕분에 인간은 사고하고, 결단하고, 발전할 수 있으니까 말이다.

관념이랄 것은 나이가 들수록 점점 더 많아지고 확고해진다. 그 과정에서 어떤 특정 관념이 생기는 것을 마냥 나쁘다고만 볼 수는 없다. 삶을 이어 나가는 데 있어 관념이 도움을 주는 부분은 분명 존재하기 때문이다. 물론 나를 무너트릴 때도 있지만 말이다.

관념은 마음가짐에 가깝다. 사소한 실수임이 분명한데도 내면의 목소리가 '이것은 큰 실패다'라고 단정 짓는다면, 자신에게 있어 그 실수는 정말 큰 실패가 된다. 반대로, 아무리 어려운 일을 마주하더라도 '이 정도쯤은 아무것도 아니다'라는 마음이 있다면, 그런 다짐 하나만으로도 삶을 쉽게 헤쳐 나갈 수 있다.

인생의 바다에서는 모두가 똑같은 파도에 휩쓸린다. 하지만, 그 파도의 크기를 정의하는 건 자신의 몫이 된다. 성공과 실패를 판단 내리는 것도 결국 자신이 세운 기준, 즉 관념에 의해 결정되는 것일 뿐이다.

요즘엔 나의 관념이 무엇인지 찾아내는 연습을 하고 있다. 어떤 판단을 내렸을 때, 그 판단의 근거가 어느 시절에 만들어진 것인지를 생각하게 된다.

인생을 잘 모르던 시절의 경험을 바탕으로 만들어졌다는

것을 알면, 아직 성숙해질 수 있는 여지가 있다는 것을 깨닫게 된다. 감정에 사로잡힌 채로 만들어져 옳지 못한 형태로 마음속에 박혀 있었다는 것을 알면, 그 시절의 감정을 털어 내고 새로운 관념을 만들어 낼 수 있게 된다.

부정적인 관념은 삶의 정말 중요한 시기에 나를 무너트릴수 있다. 그렇기에, 나를 돌아보는 시간을 통해 관념을 성숙시키는 일이 반드시 필요하다고 믿는다. 살아가면서 평생을 맞서 싸워야 할, 끊임없이 지켜보고 견주어야 할 대상. 그건 외부의 무언가로부터 오는 게 아닌, 내가 만들어 내는 것이다.

나를 보아야 한다.

삶의 해답이 바로 그곳에 있다.

2장

서로의 밀도를 높이며 ●

사랑은 기준을 바꾼다

대개 사람들이 말하는 사랑의 문제점은 '나의 정체성에 혼란이 올 때'로 좁혀지는 듯하다. 사회적 동물로 태어난 우리는 이런저런 사람을 만나며 자신의 정체성을 확립해 간다. 긴 시간을 함께 보낸 직장동료들에게 어떤 특징을 가진 내가 되었을 때, 그렇게 정의 내려진 나의 이미지가 은근 마음에 들 때, 우리는 그것을 '나'라고 인식하게 된다.

물론 나라는 존재의 정의는 스스로 내리는 게 맞지만, 때론 이를 입증해 줄 사람이 있는 것이 나를 더욱 나답게 만들어 준다. 만약 아무리 스스로를 '성실한 사람'이라고 정의 내린다 한들, 이를 믿어 주는 사람이 아무도 없거나 오히려 게으른 사람이라고 반박하는 사람이 있다면, 내가 정말 성실한 것인지 의심이 들 것이다.

내가 내린 기준과 사회에서 내린 기준이 적당히 일치할 때, 나의 정체성은 한층 견고해진다. 그러나 사랑하는 사람 앞에서는 이런 기준이 너무나도 쉽게 무너져 버린다. 나를 잃어버린 듯한 느낌이 드는 것도 아마 이 때문일 것이다.

사랑은 인생의 기준을 바꾼다. 이 기준이랄 것은 얕은 곳부터 깊은 곳까지 다양하게 흩어져 있어서, 무의식적으로 받아들여지기도 하고 의식하게 되는 지점까지 떠오르는 경우도 있다. 가령, 상대방이 유독 오이 반찬을 먹지 않는 것을 지속적으로 느끼면, 어느샌가 나 또한 오이 반찬을 조금씩 멀리하게 된다. 상대방이 축구 경기를 챙겨 본다는 것을 지속적으로 느끼면, 어느샌가 평소에는 쳐다보지도 않던 축구라는 단어가 눈에 들어오기 시작한다.

얕은 기준이 변하는 것은 큰 거부감이 들지 않아서 유연히 받아들일 수 있을 때가 많다. 그러나 깊게 자리 잡은 기준, 즉 나의 정체성이 달라졌음을 인지하게 되었을 때는 문제가 생긴다. 이런 기준은 취미나 취향 등 단편적으로 생기는 뒤틀림과는 달리, 평생을 쌓아 온 나라는 존재 자체를 바꾸어 놓기 때문이다.

모든 사람이 나를 재미있는 사람으로 알고 있고 나 또한 그렇게 생각하는데, 사랑하는 사람이 나를 재미없는 사람으로 본다면, 그 순간부터 나는 정말 재미없는 사람이 된다. 그동안 형성된 정체성에 혼란이 올 때면, 나라는 존재가 한 사람으로 인해 얼마나 쉽게 바뀔 수 있는지, 앞으로는 얼마나 더 바뀌어야 하는지 생각하게 된다. 물론, 답은 이미 정해져 있겠지만 말이다.

대체로 사랑은 성격이나 가치관이 잘 맞는 사람을 만나 비슷한 구석을 개발해 나가는 일로 받아들여지곤 한다. 상대와의 만남으로 '나는 더욱 나답게 성장해 나갈 것 같다'라는 믿음이 동반되는 것도 어쩌면 이 때문일 것이다. 혼란을 야기하는 믿음 말이다.

요즘엔 이런 생각을 한다. 사랑이란 서로의 비슷한 면을 찾아 나가는 일이 아닌, 서로의 새로운 면을 찾아 주는 일이라고 말이다. 모두에게 격식 있고 엄한 사람이지만, 한 사람 앞에서는 한 마리의 순한 양이 되는 일. 말수가 적고 무뚝뚝한 사람이지만, 한 사람 앞에서는 입만 열면 헛소리를 내뱉는 엉뚱한 괴짜가 되는 일. 그런 모습을 발견해 주는 한 사람에게 나를 온전히 맡기는 일. 어쩌면 그것이 허물없는 자신의 순수한 모습일지도 모른다.

그렇기에 사랑하는 사람 앞에서 새롭게 태어나는 나의 모습에 무작정 거부감을 가질 필요는 없을 것이다. 그저 '나에게도 이런 면이 있구나' 하고 유연히 받아들이면 되는 것이다. 그렇게 되면, 사랑은 단순히 현재의 서로를 바라보는 것을 넘어, 미래의 서로를 바라볼 수 있게 만들어 주는 뛰어난 도구가 된다.

그렇게 사랑이 미래를 바꾸어 놓는 것이다.

사랑도 먼지가 쌓인다

사랑하는 사람과의 행복이란 대개 미래에 있다고 여겨지는 듯하다. 서로가 가진 관심사의 접점을 찾고 계획을 이야기하며 약속하는 것도 아마 이 때문일 것이다. 이번 주말에는 바다가 잘 보이는 카페도 가고 맛있는 음식도 먹자는 약속, 이번 휴가 때는 해외에 놀러 가서 사진도 많이 찍고 특급호텔에서 편히 쉬다 오자는 약속. 이런 미래의 약속을 만들고 나면 왠지 상대방과의 행복이 확정된 것만 같다.

그런데 사람이 참 간사하다. 조금 더 행복해 보이는 일을 찾았다는 이유로, 조금 더 중요한 일이 생겼다는 이유로 마음을 바꾸고 계획을 취소하기도 한다. 여기서 끝나면 다행이다. '하자고 했는데 왜 하지 않았느냐'라는 말로 서로의 신뢰를 깎아내리기도 하고, '예전에 세웠던 계획이 더 좋았을 것 같다'

라는 말로 서로의 노력에 흠집을 내기도 한다. 서로의 기분을 위해 들인 시간과 노력이, 결국 서로를 향한 삿대질이 되어 버리는 것이다.

사람 일이란 어떻게 될지 정확히 예측할 수가 없어서, 미래의 행복을 기약하는 일 또한 종종 틀어지곤 한다. 그렇기에 사랑하는 사람과의 행복은 미래의 일이 아닌 과거의 일로부터 추출해야 할 것이다.

미래의 행복과 달리 과거의 행복은 확정된 상태다. 사랑하는 사람과의 관계에선 반드시 옛 시절이 존재한다. 애틋함과 풋풋함으로 가득 찬 행복의 시절 말이다.

머리를 쓸어 넘기며 귓등에 꽃 한 송이를 꽂아 주던 어느 봄, 팥빙수를 먹으며 부채질을 해주던 어느 여름, 한적한 길가에 떨어진 낙엽을 밟아 가며 서로를 알아 가던 어느 가을, 이름을 눈밭에 새기고 틀어진 목도리를 고쳐 주던 어느 겨울, 그리고 그 속에 담긴 미소들.

시간이 아무리 지난다 한들, 그 시절 지었던 미소는 사라지지 않고 어느 방대한 사진첩에 꽂혀 기억 속에 묻혀 있다. 더 좋은 나날을 만들기 위해 시간을 들이는 것도 좋지만, 서로의 애정이 잘 새겨진 기억을 잊지 않기 위해 시간을 들이는 일 또한 절대 소홀해져선 안 될 것이다. 행복을 계속 쌓아 올린다 한들, 그것을 온전히 보존하지 못한다면, 세월이 흘러가는 속도에 맞추어 흩어지고 분해될 것이다. 과거를 잊은 사람에게 미래는 존재하지 않는다.

나는 과거를 보듬는 일을 좋아한다. 억지로 시간을 내서라도 옛 시절의 순간을 되새겨 입 밖으로 내뱉곤 한다. 몇몇 순간은 조금 오래 방치해 둔 탓에 변질이 시작되었거나 이미 손실된 상태임을 느낀다. 그러나 상대방과 함께 과거의 조각을 이리저리 끼워 맞추다 보면, '맞아 그땐 그랬었지'라는 말과 함께 그 기억은 원래의 모습을 되찾는다.

사랑의 관계에서만 할 수 있는 게 있다면, 그건 아마도 사랑을 캐내기 위해 자신의 과거를 돌아볼 용기를 가지는 일이 아닐까 싶다. 물론 그 시절 자신의 모습이 너무 미숙하고 어렸다는 이유로 과거를 회상하는 일에 거부감이 들 수도 있겠지만, 이를 낯간지럽거나 부끄러운 일로 여기지 않았으면 한다.

우리는 기억이라는 형태로 존재하고 머물러 있고 만들어진다. 그렇기에, 지나간 일을 되새김질하는 것만으로도 나라는

존재를 보다 견고하게 유지할 수 있다고 믿는다. 사랑하는 이
와의 관계 또한 크게 다르지 않고 말이다.

머물러 있는 사람이 되기를

변하지 않는 존재들에게서는 어떤 안도감과 비슷한 것이 풍겨 나오는 듯하다. 어릴 적 자주 가던 문구점이 아직까지 건재함을 보게 될 때, 예전과 똑같은 미소를 유지하며 아이들을 반기는 사장님을 보게 될 때, 다니던 학교의 선생님이 아직도 똑같은 과목을 가르치고 있음을 보게 될 때, 어떤 편안함이 느껴진다.

내가 알던 동네에는 아직도 같은 자리에 커다란 고목나무가 텃새를 부리고 있다. 굵은 가지에 매달린 그네는 아이들과 노느라 정신이 없고, 풍성한 그림자는 어른들에게 쉼터를 만들어 주고 있다. 세월이 흘렀는데도 불구하고 풋풋했던 그 시절 속에 여전히 머물러 있는 존재들. 어떤 존재는 아직까지 나를 품고 있고, 종종 나를 기억해 주기도 한다. 세월이 무색

하도록 예전 모습을 유지하고 있는 존재를 보게 될 때면, 왠지 마음이 편안하고 웃음이 나온다.

"예전과 똑같네."

뒤따라 튀어나온 한마디에 기분이 약간 씁쓸해졌다. 아마 내가 너무 많이 변해 버린 탓일 것이다. 돌이켜 보면 정말 모든 것이 변했다. 그 시절의 단짝 친구는 이제 이름조차 흐릿하고, 가장 좋아하던 음식점은 폐가가 되었으며, 앉아서 쉬던 언덕엔 정신 사나운 건물이 들어섰다. 애착이 담긴 물건은 전부 사라져 기억에만 남겨져 있고, 알던 사람들은 자신의 삶을 살아가느라 모습을 바꾸고 어디론가 떠나 버렸다.

'세상에 영원한 것은 없다'라는 말을 언제부터 수긍하게 되었는지 모르겠다. 언제부턴가 모든 것은 단순히 그 시절을 대표하는 임시적인 존재일 뿐이라 여기게 되었다. 나도 마찬가지다. 나 또한 시대의 흐름에 맞추어 세상을 바라보는 시야가 변했고, 사람을 대하는 마음가짐이 달라졌다. 지금 머무르는 곳 또한 때가 되면 사라질 것이고, 주변 사람들 또한 일시적인 관계에 불과하다는 생각이 든다.

삶은 변화의 연속이라는 사실을 잘 알기 때문에, 변화하지 않는 것들로부터 더욱더 큰 위안을 얻게 되는 듯하다. 한 시절에 머물러 있는 존재란, 그 존재 자체로 누군가의 행복이 되는 것이다.

나 역시 그런 존재가 될 수 있지 않을까 생각한다. 존재 자체로 누군가에게 안도감을 주거나 행복을 줄 수 있는 그런 사람 말이다. 물론 나 역시 삶의 변화에 맞추어 끊임없이 달라질 것은 분명하다. 머무르는 장소도, 보이는 모습도, 삶에 대한 편견이랄 것마저도.

그러나 한 가지쯤은 유지할 수 있으리라 믿는다. 그 한 가지가 글 쓰는 일이 되기를 바랄 뿐이다. 훗날 누군가가 나의 글이 궁금해졌을 때, 지금처럼 글 쓰는 사람으로 머물러 있었으면 한다. 울림 있는 글을 적는, 따스함을 찍어 내는 존재로. 따스함이 필요할 때 길게 생각할 필요도 없이 단번에 떠오르는 존재로.

변함없는 무언가가 있다는 건, 아마도 누군가의 삶에 깊게 자리 잡는 일이 아닐까 싶다.

성장이란 함께하는 것이다

성장한다는 말은 사람마다 조금씩 다르게 해석되는 듯하다. 물질적으로 예전보다 풍요로워져서, 점점 더 여유로운 삶을 살게 되는 것을 성장으로 여기는 사람도 있다. 신체적으로 예전보다 신경이 발달해서, 점점 더 뛰어난 능력을 발휘할 수 있게 되는 것을 성장으로 여기는 사람도 있다.

내가 생각하는 성장이란 정신적인 것에 더 가까운 듯하다. 정신적으로 예전보다 성숙해져서, 점점 더 많은 사람의 삶을 보살펴 줄 수 있게 되는 것. 내 손에서 떠나가는 것을 희생이나 손해로 여기지 않고, 누군가를 위한 배려로 여길 수 있게 되는 것 말이다.

상대방에게 전달하는 것은 선물이나 편지 등 눈으로 볼 수 있는 물질적인 무언가가 되기도 하고, 공감이나 위로와 같은 정서적인 무언가가 되기도 한다. 하지만, 매개체가 무엇이 되었든 정신적으로 미성숙하다면 그런 여유 또한 나오지 않을 것이다. 성장한다는 것은 무언가를 베풀 수 있는 사람이 되어 가는 일이 아닐까 싶다.

받는 것은 참 쉽고 좋은데, 주는 것은 왠지 어렵고 불편하기만 하다. 어쩌면 당연한 일인 듯하다. 내 것이었던 무언가가 더 이상 내 것이 아니게 된다는 상실감이 동반되기 때문이다. 게다가 무언가를 베풂으로써 느껴지는 뭉클하고 따스한 기쁨이라는 감정은, 직접 경험을 통해 깨달아야만 알 수 있는 배움의 영역에 존재하기 때문이다.

어린아이는 아직 주는 기쁨을 제대로 배우지 못해 그저 받기만 하는 경우가 많다. 하지만, 나이가 들고 정신적으로 성장하면서, 자신의 의지가 동반된 마음을 전달하는 경험을 하나둘 쌓아 가면서 비로소 알게 된다. 받는 것보다 주는 것에서 더 큰 기쁨이 느껴진다는 사실을 말이다. 베풂이라는 행동을 통해 기쁨을 계속 느끼다 보면, 어렵고 불편하기만 했던 것이 점차 쉽고 좋아져 이내 습관으로 자리 잡게 된다. 기쁨은 습관이 되기도 하는 것이다.

베푼다는 것은 기쁜 일이면서 동시에 참 멋진 일이라고 생각한다. 그동안 받아 온 것을 다른 이에게 물려줄 수 있게 된 것이며, 나라는 사람이 무언가를 줄 수 있는 존재가 된 것이며, 내가 베푼 무언가로 인해 타인의 삶이 바뀔 수 있는 것이기 때문이다.

게다가 베풂을 받은 상대방 또한 결국 다른 누군가에게 베풂을 행할 수 있는 존재가 된다. 베푸는 일은 단순히 서로가 기쁨을 느끼는 행위를 뛰어넘어, 내가 어떤 영향력 있는 존재가 되는 것이다. 주는 것은 거기서 멈출지언정, 받는 것은 어딘가로 튕겨 나간다.

물론 그렇다고 해서 영향력 있는 존재가 되기 위해 자신의 삶이 망가질 정도로 무리하여 모든 것을 내어 주어선 안 될 것이다. 그저 내가 감당할 수 있는 범위 내에서, 사소하더라도 뜻깊은 베풂을 선사할 수만 있다면 그걸로 된 것이다. 이런 사소한 순간을 반복하는 것만으로도 나와 내 사람들의 삶은 꽤나 윤택해진다고 믿는다.

그러니까 정신적으로 성장한다는 것은, 내 사람들과 함께 성장할 수 있는 사람이 된다는 말과도 같을 것이다. 진짜 의미 있는 성장은 내 손을 벗어나면서 시작되는 것이다.

좋은 대화가 좋은 관계를 만든다

좋은 관계를 위해선 좋은 대화가 동반되어야 한다고 줄곧 믿고 있다. 근데 이 '좋은 대화'라는 것의 정의가 사람마다 조금씩 다른 듯하다. 일목요연하게 문제를 따져 가며 타협점을 찾는 것이 중요하다고 믿는 사람도 있고, 문제를 잠시 미루어 두더라도 서로의 감정을 이해하는 것이 더 중요하다고 믿는 사람도 있다. 현재 놓인 상황에 대해 현실적인 대화를 나누길 좋아하는 사람도 있고, 앞으로 다가올 미래에 대해 상상하는 것을 좋아하는 사람도 있다.

각자 선호하는 방식과 주제가 있지만, 이런 형식은 '좋은 대화'를 만드는 데 있어 큰 비중을 차지하지 않는 것 같다. 그보다는 대화에 임하는 태도, 즉 얼마나 상대의 이야기를 잘 들어 주는지가 대화의 질을 결정하는 듯하다. 돌이켜 보면, '좋은 대화'라는 느낌이 들었던 순간은 대개 대화가 끝난 후보다 말하는 도중이었다. 말하는 사람의 입장에서는, 누군가가 자신의 이야기를 경청해 주는 것만으로도 좋은 대화를 하고 있다는 느낌을 받는다.

그렇다고 해서, 좋은 대화를 만든다는 명목으로 무작정 고개를 끄덕이며 듣기만 하는 건 경청이 아닐 것이다. 말하는 사람의 입장이 되어 그 상황에 몰입하고 자신의 감정을 이입하는 일. 거기서 느껴지는 감정이 어떤 형태를 띠고 있는지를 상대방에게 전달하는 일이 필요하다고 느낀다.

대화를 이어 나가는 대부분의 문장들 속에는 감정이 담겨 있다. 근데 대개 사람들은 말을 내뱉으면서도 자신의 감정이 어떤지를 정확히 구분하지 못하는 듯하다. 그래서 대화를 하면서도 그저 '좋았다', '싫었다'라는 말로 감정을 애매하게 포장하는 게 아닐까 싶다. 여기서 듣는 사람이 해야 할 일은 아마 한 가지밖에 없을 것이다. 감정의 포장지를 뜯어 주는 일 말이다.

나는 누군가와 대화하게 될 때면 상대의 포장된 감정을 뜯기 위해 최대한 노력하는 편이다. 가령 배우자 때문에 속상해하는 친구에게는, "집안일이 많아서 힘들다는 말을 남편이 이해해 주지 못해 서운했겠다."라는 말로 포장을 뜯어본다. 즐거웠던 기념일을 자랑하는 친구에게는, "가고 싶었던 호텔도 가고, 먹고 싶다던 감자 뇨끼도 먹어서 웃음이 끊이질 않았겠다."라는 말로 포장을 뜯어본다.

상대의 입장이 되어 어느 부분에 어떤 감정이 들었는지를 전달하면, 상대방은 애매했던 자신의 감정을 비로소 정확히 알게 된다. 감정이 구체화되는 것만으로도, 상대방은 좋은 대화를 나누고 있다는 느낌을 받는다. 내가 느낀 감정이 상대의 기억과 일치하면 공감받는 느낌도 들고 말이다.

그러니까 경청한다는 말은, 보이지 않는 마음을 들여다보기 위해 노력한다는 말과도 같을 것이다. '좋은 대화'란, 나로 하여금 상대의 감정을 다듬어 주는 일이 아닌가 생각해 본다.

흉내 내는 것일지라도

아무래도 사랑이란 흉내 내는 일인 듯하다. 물론 마음속 깊은 곳까지 순수한 사랑으로 가득 차서, 순도 높은 사랑을 평생 주고받는 것이 가능한 사람도 있을 것이다. 하지만 아직까지 그런 사람을 만나 본 적은 없다.

누군가를 사랑하게 될 때면 시간이 지남에 따라 그 사랑에 의구심이 들기 시작한다. 연인으로서 이성을 사랑하고자 할 때, 혹은 배우자로서 상대를 사랑하고자 할 때, 그 사랑을 평생 유지하는 일은 참 어렵기만 하다.

눈에 거슬리는 행동은 점차 늘어나고, 짜증 나는 순간은 점점 더 자주 생긴다. 이런 모습들을 보면 내가 상대방을 정말로 사랑하는 것인지 헷갈리기 시작한다. 사랑이랄 것이 마냥 하염없이 줄 수만은 없는 것이라고 느껴지기도 한다. 그래서 우리는 흉내 내는 게 아닐까 싶다. 그럼에도 불구하고 사랑한다고 말이다.

사랑이란 마치 언어처럼 학습되는 것인 듯하다. 어린아이들은 아직 사랑을 주는 법을 제대로 배우지 못해, 기분이 좋지 않을 때 그 감정에 휘둘려 투정을 부리거나 울음을 터트리기도 한다. 부끄러울 때는 감정을 숨기기 위해 부모의 품으로 몸을 숨기기도 한다.

아이들은 사랑을 주는 법보다는 사랑받는 법을 어른들로부터 먼저 배운다. 특정 상황에서 전달받는 어떤 마음이, 은연중 미소를 띠게 만들고 감정을 기분 좋게 간지럽힌다는 사실을 배우는 것이다. 그러면서 조금씩 알게 되는 듯하다. 사랑받는 것이 얼마나 행복한 일인지, 사랑하는 사람에게 해야 할 행동이 무엇인지 말이다.

그렇게 학습된 사랑은 성인이 되면 흉내 낼 기회가 생긴다. 흉내 내는 사랑일지언정, 상대방에게는 온전한 사랑으로 느껴진다. 자신이 느꼈던 것과 마찬가지로 말이다.

사랑하는 이와의 관계 또한 그렇게 만들어 나가는 것이 아닐까 싶다. 눈에 거슬리는 행동이 보이더라도, 짜증 나는 순간이 생기더라도, 상대방을 위해서 자신을 어느 정도 포기하고 사랑이 담긴 행동을 보여 주면서 말이다. 비록 학습된 행동이라 하더라도 나와 당신은 안다. 그것이 온전한 사랑이라는 것을.

나 역시 사람인지라 마음에 여유가 없을 땐 쉽게 짜증이 난다. 하지만 내 사람에게는 최선을 다해 사랑을 흉내 내고자 한다. 어딘가에서 보았던, 부모로부터 배웠던, 그런 기분 좋았던 순간을 그대로 재현하는 것이다.

나로 하여금 당신이 진심을 느끼길 바란다. 당신으로 하여금 내가 진심을 느끼길 바란다. 서로 주고받는 진심이 얼마나 값진 것인지 서로가 알 수 있다면 그걸로 되었다.

느꼈다면 사랑이고, 사랑이라면 느낄 수 있다.

서로의 의미가 되어 줄 수 있기를

내게 의미 있는 사람이라고 하면, 곧장 떠오르는 이름이 몇 있다. 근데 신기하게도 이들에겐 공통점이 있다. 이들은 크게 성공하거나 경제적으로 부유한 사람들이 아니라는 점이다. 살다 보면 부와 명예를 거머쥔 사람과 연이 닿아 친분이 생기곤 한다. 근데 이들에게선 진심이 담긴 따스함이나 정성 어린 마음을 받아 본 적이 없다.

오히려 나와 비슷한 처지에 놓인 사람이거나, 같은 형태의 아픔을 겪어 본 사람이야말로 마음의 실이 잘 연결되었던 것 같다. 이들은 의지할 곳 하나 없을 때 마음의 쉼터가 되어 주기도 했고, 값비싼 물건은 아니더라도 의미가 담긴 작은 선물을 건네주기도 했다. 현실적인 이득을 주는 무언가는 아니었지만, 내 삶이 광활한 바다에서 표류하지 않도록, 목적지에 도달할 수 있도록 도와준 잔잔한 물살이었음은 틀림없다.

나는 그들에게 어떤 존재였는지, 무엇이 그들을 의미 있는 존재로 만들었는지 생각해 본다. 어쩌면 그들과 나 사이에는 보이지 않는 손길이 수차례 오가며 무언가를 주고받았던 게 아닐까. 내 시간을 담은 한 문장의 글, 내 마음을 담은 한마디의 말. 이런 시간과 마음이 보이지 않는 손길을 통해 영혼으로 타고 들어간 것은 아닐까.

눈으론 보이지 않기 때문에 마음으로밖에 느낄 수 없는 것. 이런 마음의 교류가 없다면, 제아무리 부와 명예를 거머쥐고 있다 한들, 누군가에게 있어 의미 있는 존재가 되긴 어려울 것이다. 형태가 없음에도 사라지지 않는 것들 말이다. 그렇다고 해서, 의미 있거나 소중한 존재가 되기 위해 발악하거나 억지로 노력하는 사람이 되고 싶지는 않다. 그럴 필요가 없다고 느낀다. 그저 마음이 닿는 곳까지라도 가식 없는 노력을 기울이는 것이 옳다고 믿는다.

누군가와 커피 한 잔을 마시며 담소를 나누더라도, 잘 지내고 있냐는 말 한마디를 건네더라도, 짧은 글 한 편을 쓰더라도, 그것에 온전한 나를 담을 수 있다면 그걸로 된 것이 아닐까 싶다.

그렇게 모든 순간에 진짜 내 모습을 놓아두고 삶을 살아가다 보면, 진심을 알아보는 이들이 하나둘 주워 갈 것이다. 혹여 그곳에서 자신만의 의미를 발견한다면, 그 의미에 자신의 모습을 담아 돌려줄 수도 있을 테다. 그렇게 서로가 서로의 잔잔한 물살이 되어 줄 수 있기를 바랄 뿐이다. 그것이 우리가 삶을 살아가는 방식이라고 믿는다.

작은 일들을 위한 말

힘을 낸다는 건 아마 작은 일들을 위한 말인 듯하다. 어떤 일에 크게 성공하고 싶을 때 이 말을 내뱉진 않으니까 말이다. 오히려 하루를 이루고 있는 작고 사소한 순간들을 이겨 내기 위해 더 많은 힘이 필요하다고 느낀다.

매일 아침마다 피로가 누적된 몸을 일으켜 세우는 일. 아이의 밥을 챙기고 학교에 보내는 일. 출근을 위해 현관문을 열고 계단을 오르내리는 일. 아무것도 아닌 듯한 일처럼 보여도 정말 큰 힘이 필요하다. 모든 것을 내동댕이치고 그 자리에 주저앉고 싶은데도, 그게 참 쉽지가 않다. 내게 연결되어 있는 것, 나를 필요로 하는 존재, 내가 바라는 내일을 위해서, 눈물을 흘릴 여유가 없는 것이다. 어쩌면 힘을 낸다는 건, 어쩔 수 없는 일인지도 모르겠다.

근데 신기하게도, 이 '힘'이라는 건 정말 이유 없이 번뜩 생겨나기도 하는 듯하다. 때론 일과를 시작하기 전 마시는 커피 한 잔이 하루를 버텨 낼 힘의 원동력이 되기도 한다. 퇴근길에 우연히 보게 되는 선홍빛 노을이 텅 빈 마음을 다시 채워 주기도 한다. 모든 걸 포기하고 싶은 순간엔, 잠들기 전 눈에 걸린 한 구절의 글귀가 한동안 든든한 버팀목이 되어 주기도 한다.

그렇게 우린 삶을 이어 나가는 게 아닐까 싶다. 힘이 되어 주는 무언가가 분명 존재한다는 것을 마음으로 믿으며. 또, 그런 존재가 불현듯 나타나 힘이 되어 줄 것을 머리로 기억하며. 찰나의 순간들이 내일을 기대하게 만든다.

나를 내일로 인도하는 것이 무엇인지 종종 생각해 본다. 나는 사람들의 진심 어린 미소로부터 기운을 얻는 것 같다. 누군가로부터 듣게 되는 '잘했다', '애썼다'라는 말보다, 내가 누군가에게 건네는 '고생했다'라는 말에 담긴 깊은 울림. 그 울림이 영혼에 전해졌을 때 볼 수 있는 확고한 미소. 나로 하여금 다른 이의 미소를 볼 수 있다는 확신 하나면, 나는 내일로 나아갈 수 있는 듯하다.

마음으로 전하는 말을 마음으로 받아 주는 사람들. 이들

덕분에 나는 오늘도 힘을 내고, 내일을 향한 발걸음을 내딛는다. 누군가에겐 영영 닿지 않을 말이지만, 누군가에겐 든든한 버팀목이 되어 줄 한마디.

짧디짧은 말이지만, 누군가에겐 삶의 연장선이 되어 줄 한마디. 오늘도 어김없이 내뱉어 본다.

"고생했다."

노력을 알아주는 사람이 좋다

인생을 살아가기 위해선 보이지 않는 것을 알아봐 주는 사람이 꼭 한 명쯤 있어야 하는 것 같다. 엉망인 글씨체로 두서없이 쓴 편지일지라도, 그 시간과 노력을 알아봐 주는 사람. 솜씨가 없어 맛있는 음식을 해주진 못하더라도, 그 정성과 마음을 알아봐 주는 사람.

이런 사람이 곁에 있다는 건 정말 큰 축복이다. 진심을 알아봐 주는 사람이 없다면 결과에 눈이 멀어 방황하게 될 테니까. 결과에 집착하면 더 큰 인정을 받기 위해 더 멋지고 화려한 것만 찾게 된다. 눈에 보이는 건 다른 것과 아주 쉽게 비교되는 탓에, 욕망의 크기 또한 더욱더 커질 수밖에 없다. 때론 한 사람이 무엇보다 견고한 인생의 울타리가 되어 준다.

대단한 능력이 없더라도 그 능력을 발휘하고자 용기를 냈다는 것. 비록 어설프기 짝이 없더라도 진심을 전하기 위해 최선을 다했다는 것. 그런 순수한 마음. 이걸 알아주는 존재가 없다면, 우리의 인생은 푸석하게 말라 버린 들판과 다를 바 없을 것이다.

'노력해 줘서 고맙다', '마음을 이해한다'. 이런 말을 해주는 사람의 존재란 덧없이 귀하고 소중할 뿐이다. 설령 인생이 돌풍처럼 휘몰아쳐 나를 쓰러트린다 할지라도 괜찮다. 몇 번이고 다시 일어날 용기와 힘을 얻게 될 테니까. 내 노력을 알아주는 단 한 사람을 위해서.

대개 삶이 허망하다고 느껴지는 이유는 마음이 채워지지 않았기 때문이라 생각한다. 순식간에 지나가는 세월 속에서 사소한 진심 하나조차 인정받지 못한다는 건, 그동안 흘러간 시간을 무의미하게 만드니 말이다.

누군가의 진심어린 마음을 우연히 마주하게 된다면, 보다 적극적이고 따스하게 반겨 주는 건 어떨까. 서로를 받아들이고 서로의 마음을 이어 나가는 일. 우리의 인생을 덜 허망한 것으로 만드는 유일한 길이라 믿는다.

의존할 줄도 알아야 한다

한 가지 고집이 있었는데 꺾여 버렸다. 삶은 혼자서 모든 걸 헤쳐 나가고 이겨 내야 한다는 오랜 고집이 있었다. 넘어져도 마음을 다잡으면 언젠가 다시 일어날 수 있고, 아무리 힘들어도 버티면 결국 살아갈 수 있다고 믿었다. 요즘엔 이런 고집스러운 믿음이 너무나도 잘못되었다는 걸 느낀다.

젊었을 땐 혼자만의 기분으로 인생을 살아가곤 했다. 내가 만족하는 것이 행복한 인생과 직결된다고 믿었던 까닭이다. 하지만, 시간이 지날수록 더 생생하게 느껴진다. 혼자서 모든 걸 감당하기엔 인생이라는 것이 너무나도 거대하고 무거운 녀석이라는 걸. 어쩌면 젊음이 평생 유지되지 않기 때문일지도 모르겠다.

누군가에게 기댄다는 말이 단순히 등을 기대는 건 줄 알았는데, 사실은 서로에게 삶을 맡기는 일이었다. 혼자서 뚫고 나갈 수 없는 벽을 상대방 대신 뚫어 주는 일. 이건 꼭 필요한 일이었다.

나는 누군가에게 의존하는 것이 서툰 사람이다. 어려서부터 집을 나와 혼자 살아온 탓이다. 원하는 게 생기면 혼자만의 힘으로 악착같이 노력해서 얻어 내며 살아왔다. 어느 순간부터는 누군가에게 부탁을 하거나 도움을 요청하는 것이 불편해졌다. 이기적인 사람이 되고 싶었던 것은 아니다. 그저 혼자가 편했던 것일 뿐이다. 요청을 들어주지 못해 표정을 찡그리는 상대의 모습을 볼 필요도 없고, 그 모습에 되려 미안한 마음을 가지지 않아도 되니 말이다.

하지만, 이제는 안다. 인생에는 결코 혼자서 감당할 수 없는 일이 반드시 생긴다는 걸. 그리고 원하든 원하지 않든 우린 결국 누군가와 연결된 채로 살아간다는 걸. 서로의 부족한 부분이 서로에게 연결된 채로. 우린 인생이라는 한배를 탔기에.

돌이켜 보면, 매 시절 나는 누군가와 연결되어 있었다. 부탁한 건 아니었지만, 누군가는 대신 말해 줄 입과 대신 들어 줄 귀가 되어 주었다. 휴식할 쉼터가 되어 준 사람도 있었다. 지금은 연락이 끊겨 어떻게 살아가는지 알 수 없지만, 그들이 없었다면 그 시절 또한 없었을 것이다. 그 사람들이야말로 그 시절 내 삶이었고 내 모습이었던 것이다. 의존하진 않았지만 의존해 왔던 것이다.

지금 이 순간 또한 누군가와 함께 만들어 가는 시절의 일부라는 것을 안다. 내가 미처 인지하지 못하고 있을 뿐이다. 그러니 이제부터는 과감하게 의존해 보려 한다. 이 시절이 지나면 각자의 길을 향해 떠나가겠지만, 현재를 살아가기 위해 서로 엉켜 있는 존재들이니까.

이제는 인정하려고 한다. 나는 당신이 필요하다는 것을. 당신이 곧 내 삶이라는 것을.

세상의 중심은 당신이다

안 좋은 방향으로 감정이 격해질 때가 있다. 물이 한가득 담긴 주전자가 끓어넘치는 듯한 느낌. 분에 이기지 못해 불필요한 말을 내뱉거나 쓸데없는 생각을 하기도 한다. 튀어나온 말은 바닥에 힘껏 내던진 화분처럼 날카로운 파편이 되어 돌아올 때가 많다. 어두운 생각은 끈적한 풀처럼 마음 한구석에 달라붙어 쉽게 떨어져 나가지 않을 때가 많다.

근데 분노를 표현하는 건 여러모로 나에게 득이 되는 게 없는 듯하다. 되려 분노를 표현할수록 내가 망가지는 것만 같다. 이쁜 말과 행복한 생각만 하기에도 부족한 인생인데, 쓸데없는 감정으로 시간을 낭비하는 것만 같다.

지나간 일 때문에 종종 화가 나곤 한다. 이유는 잘 모르겠지만, 가만 생각해 보면 내 삶에는 좀처럼 쉽게 이해할 수 없는 일이 참 많이 일어났다. 어떻게든 나를 이용해 먹으려는 사람, 배려심은 전혀 없고 자신의 이득만 취하려는 사람, 자신의 목적을 달성하거나 더 이상 용건이 없으면 황급히 자리를 뜨는 사람.

못된 사람을 끌어당기는 자석이라도 있는 걸까. 그 당시에는 '그럴 수 있지'라는 너그러운 마음으로 넘어갔지만, 돌이켜 생각해 보면 화가 난다. 똑같은 사람인데 어떻게 그리 못된 마음을 먹을 수 있는지. 나의 가치관으로는 도저히 이해할 수가 없다. 또다시 물이 끓어넘친다.

최근엔 무시하는 연습을 시작했다. 화나게 하는 사람을 어떻게든 이해해 보려 노력하면 결국 물이 끓는다. 이걸 방치하면 화상을 입는 건 내가 될 뿐. 상대방은 멀쩡한데 나 혼자 엉망이 된다. 어떻게든 이해하려는 노력을 할 줄 안다면, 어떻게든 무시하려는 노력도 할 줄 알아야 한다고 믿는다. 이해할 수 있는 범위를 벗어나는 사람은 그냥 그런 사람인 거다. 지금까지 그렇게 살아왔고 앞으로도 그렇게 살아갈 사람.

세상에는 수많은 사람이 있고, 그중에는 자신이 감당할 수 없는 사람도 분명 존재한다. 이들을 품고 간다는 건 무거운 바위를 들고 마라톤 경기를 하는 것과 다름이 없다.

이기적인 말처럼 들릴지 모르겠지만, 자신을 지킬 줄 아는 사람이 되어야 한다. 내가 멀쩡해야 주변 사람을 챙길 여력도 생긴다. 내가 엉망이 되면 주변 사람도 덩달아 엉망이 된다. 세상의 중심은 언제나 나 자신임을 잊어선 안 된다.

내가 먼저 빛이 될 테니

누군가의 어깨를 빌리고 싶을 때가 있다. 혼자서 감당하는 것이 너무나 버거울 때. 당장이라도 쓰러질 것만 같을 때. 끝없이 펼쳐진 어둠이 눈앞을 가려 방황하고 있지만, 혹시 모를 한 줄기 빛을 찾기 위해 발버둥 치고 싶을 때.

누군가로부터 신세를 지면서까지 실질적인 도움을 얻고자 하는 것은 아니다. 그저 기댈 곳이 필요해서. 몸은 쉬지 못하더라도 마음만큼은 잠시 휴식을 취하고 싶어서. 다시 일어나기 위해 필요한 아주 약간의 힘을 충전할 수 있는 곳. 내게 있어 그건 누군가의 어깨가 된다.

아쉽게도 어깨를 빌릴 때보다 빌려줄 때가 더 많다. 난 마음이 위태로운 사람을 무심코 지나칠 수 없다. 나와 같은 모습을 하고 발버둥 치는데 그걸 무시한다는 건 나를 무시하는 것만 같아서 그렇다. 지금 겪고 있을 괴로움의 무게가 얼마나 버거운지 누구보다 잘 아는 사람이니까.

그렇게 이리저리 돌아다니며 어깨를 빌려주다 보면, 어느샌가 난 누군가에게 있어 한 줄기 빛이 되어 있다. 그제야 깨닫는다. 감정이 전염되듯, 마음의 온도도 옮는다는 것을.

빛이 필요할 땐 스스로가 빛이 될 줄도 알아야 한다. 물론 어려운 일이다. 자신의 괴로움을 뒷전으로 하고 타인의 고통을 감싸라니. 본인조차 감당하기 힘든데 어떻게 남의 짐을 짊어질 수 있겠느냐고.

하지만 이걸 알아주었으면 좋겠다. 괴로움은 느껴 본 자만이 이해할 수 있는 감정이라는 걸. 그대가 괴로움을 느꼈기 때문에, 괴로움이 밟고 지나간 것이 그대였던 덕분에, 괴로움에 대해 누구보다 잘 아는 그대가 된 것이라고.

감정 표현도 때와 시기가 있다

사람과의 관계에는 꽃이 피기도 하지만 곰팡이가 피기도 한다. 예전에는 이걸 몰랐다. 물을 주고 마냥 기다리면 꽃이 피는 줄 알았다. 좋은 감정이 생길 때도 나쁜 감정이 생길 때도 마냥 쳐다보고만 있었다.

생각할 시간이 필요했던 탓이다. 좋은 일 앞에서는 어떻게 해야 더 이쁜 말로 기분을 좋게 해줄 수 있을지 고민했다. 나쁜 일 앞에서는 어떻게 해야 덜 공격적인 말로 기분을 지켜줄 수 있을지 고민했다. 근데 고민하는 시간이 너무 길었던 것 같다. 날것의 감정은 방치하면 곰팡이가 핀다. 당연하게 여기는 사이일수록 더 쉽고 빠르게.

감정 표현은 깜짝 선물이 아니다. 최후의 순간까지 기다렸다 전하는 것도, 듣기 좋게 포장하여 전하는 것도 아니다. 감정 표현은 상대를 향한 자신의 온전한 마음을 망설임 없이 드러내는 것이다. 실온에 방치된 감정은 쉽게 상한다. 상한 감정은 오해를 부른다. 좋은 감정을 제때 표현하지 않으면 남 일에 관심 없는 사람처럼 느껴진다. 나쁜 감정이라 할지라도 제때 표현하지 않으면 대화를 거부하는 것처럼 느껴진다.

물론 나쁜 의도를 가지고 감정을 숨기는 것은 아닐 터. 하지만, 답답함을 느끼는 구간이 사람마다 다르다는 걸 알아주었으면 좋겠다. 어떤 이의 감정은 유통기한이 유독 짧다. 나는 편해도 상대방은 불편할 수 있다.

모든 것에 때와 시기가 있듯, 감정의 영역에도 시기라는 것이 있다. 행복한 순간에 약간의 행복감을 더해 주는 것. 슬픈 순간에 슬픔의 무게를 같이 짊어지는 것. 이게 감정의 적정시기라는 것이다. 감정 표현을 어떤 거창한 일로 여기지 않았으면 좋겠다. 큰일이라 여길수록 생각이 많아지고 실행이 어려워진다. 사람과의 관계에서 꽃을 피워 내는 게 큰일이 되어선 안 된다.

관계는 지표가 아니다

저마다 감당할 수 있는 사람의 수가 있다. 그런데도 인간 관계를 넓히는 데 목숨을 건다. 나를 찾는 사람이 많아지길 바라는 마음 때문일 것이다. 특정한 날에 선물이 산더미처럼 밀려오고, 축하한다는 말을 질리도록 들을 수 있는 사람. 많은 사람의 호의를 받을수록 어떤 특출난 능력이 있다고 믿는 것이다.

발버둥 친다. 사람이 들끓는 바닷속에서 어떻게든 한 사람이라도 더 건져 내기 위해 몸과 마음을 그물로 사용해 이리저리 휘두른다. 언제부턴가 인간관계는 인생의 지표가 됐다.

인간관계가 넓다고 좋은 것은 아니며, 인간관계가 좁다고 잘못된 것도 아니다. 자신이 감당할 수 있는, 자신에게 필요한 사람만 남겨 두면 된다. 선물이 산더미처럼 쌓이지 않아도,

축하한다는 말을 적게 들어도 문제될 건 없다. 가식이 섞이지 않은 진심 어린 마음을 주고받을 수 있는 사람. 안부 전화 한 통에 그동안의 인생을 나누며 행복과 슬픔의 감정을 공유할 수 있는 사람. 한 명만 있더라도 성공한 인생이다.

자신에게 필요한 사람보다 더 많은 사람을 억지로 끌고 가면 너무 많은 에너지를 소모하게 된다. 인간관계에 매달리는 사람이 되지 않았으면 좋겠다. 그저 사람이 좋은 것이라면, 혹은 시도 때도 없이 대화 나누는 게 좋은 것이라면 아무런 문제가 되지 않는다. 그러나 누군가에게 인정받는 일, 넓은 인맥을 가진 선망의 대상으로 거듭나는 일. 이게 목표가 되어선 안 된다.

억지로 만들어 가는 인간관계는 감정노동일 뿐이다. 만날수록 감정이 잔잔해지고 마음이 편안해지는 사람을 곁에 두어야 한다. 상대에게 집중하기보다 자신에게 집중할 수 있는 사람을 만나야 한다. 자신에게 소홀한 사람의 곁엔 자신을 함부로 대하는 사람만 남는다.

한 걸음도 발자국이 남는다

한 걸음이라는 단어가 굉장히 신경 쓰이게 됐다. 그저 한 단어에 불과한 것이 모든 일의 시작이 되기도 끝이 되기도 한다. 아무런 감정조차 느껴지지 않는 단어임에도 불구하고, 앞뒤로 따라붙는 문장에 따라 저마다의 이야기가 탄생한다. 쉽고 가볍게만 느껴지는 단어임에도 불구하고, 마음속에서 되풀이되는 횟수에 따라 그 무게가 한없이 늘어난다.

결국, 이 한 단어는 누군가에게 간절함이 되기도, 그리움이 되기도 한다. 한 걸음의 무게를 느껴 본 사람은 안다. 사소한 행동 하나가 얼마나 쉽게 인생을 동전처럼 뒤집어 버리는지.

사소한 행동일수록 더욱더 조심하는 습관이 생겼다. 우린 본능적으로 큰일의 결과를 덤덤하게 받아들인다. '그 정도 일이라면 그럴 수 있지'라며 스스로 오해를 풀거나 용서하기도 한다. 하지만 사소한 일은 다르다. '어떻게 그 정도도 못해?'라며 일의 크기를 부풀리고 없던 감정마저 끄집어내 화살을 쏜다. 거대함은 눈과 귀를 통과하지 못하고 튕겨 나가 버리지만, 사소함은 한 걸음 한 걸음 마음까지 내려와 자리를 잡는다. 마음이 용납할 수 없는 일이 되는 것이다.

한 걸음에 보다 신중한 사람이 되기를 바란다. 자신에게 사소한 행동이라고 하여 받아들이는 사람마저 사소하게 느끼지는 않는다. 마음의 크기와 온도는 행하는 사람이 아니라 받아들이는 사람이 결정한다. 나의 웃음이 누군가에게는 비웃음이 될 수도, 나의 손길이 누군가에게는 삿대질이 될 수도 있다. 사소한 것일수록 상대의 입장에서 생각해야 한다. 별것 아니라 생각되는 것이 시간이 지나면 별것이 된다. 한 걸음엔 늘 발자국이 남는다.

혼자만 추락하는 관계

한 번 어긋난 관계는 또다시 어긋날 확률이 높다. 그것이 언어가 되었든 행동이 되었든, 한 번 어긋나는 순간 모든 게 예전과 달라진다. 이건 언제 부서질지 모르는 톱니바퀴를 억지로 붙들고 있는 것과 같다. 그럼에도 불구하고 관계가 이어지는 건 한 사람이 더 많이 견뎌 내고 있기 때문이다. 인정하긴 싫지만, 문제를 일으킨 사람은 똑같은 문제를 또다시 반복한다. 사람은 쉽게 변하지 않기 때문이다.

배려 없는 관계는 없다지만, 어느 한쪽만 배려하는 건 배려가 아니라 봉사에 가깝지 않나 싶다. 모든 관계에는 적당함이 필요하다. 한 번 어긋났다 해서 억지로 만회할 필요도 없고, 한 번 통했다 해서 앞으로의 모든 일을 억지로 통하게 할 필요도 없다. 단지 부족하지 않을 정도로, 관계의 끈이 끊어지지 않을 정도로 배려하는 게 중요하다. 혼자서만 마음고생하는 관계는 끊어지고 나면 모든 화살이 자신에게 날아온다. 마음이 찢어지도록 아픈 것도 그런 이유에서다.

이어 가고 싶지 않은 사람이 있다면 단호하게 끊어 낼 줄 아는 용기도 필요하다. 좋아하는 사람에게만 쏟아부어도 한없이 모자란 게 마음이다. 관계가 어긋날 대로 어긋난 것 같다면, 혼자서만 배려하는 느낌이 든다면, 깔끔하게 정리할 줄 알아야 한다. 그래야 또다른 관계를 품을 수 있는 여유가 생긴다. 더 좋은 사람을 만나기 위해선 이런 여유가 필요하다. 자신을 지키는 관계를 만들어 가길 바란다. 좋은 관계는 혼자만 추락하지 않는다.

감정도 한계가 있다

누군가와 오래 알고 지내다 보면 감정 표현이 점차 짙어진다. 자신의 감정을 조금 더 자세히 알아주길 바라는 마음이 생겨서 그렇다. 평소 내지 않던 짜증도 내고 억지 같은 투정도 부린다. 무한한 공감과 위로를 바라는 건 아닐 것이다. 그저 조금 더 많은 감정을 교류하고 싶어서. 조금 더 가까운 사이가 되고 싶어서 그렇다. 하지만 반드시 명심해야 할 부분이 있다. 상대방은 내가 아니라는 사실이다. 아무리 가까운 사이일지라도 부정적인 감정을 모두 털어놓으면 버겁기 마련이다.

조금 더 가까워지고 싶은 마음이 있더라도, 조금 더 많은 것을 공유하고 싶은 마음이 있더라도, 적당한 선을 지킬 줄 알아야 한다. 좋은 감정만 교류해도 턱없이 부족한 인생이다.

좋은 감정만 전달해도 다 전달할 수 없는 게 사람의 마음이다. 그럼에도 매번 '짜증나', '서운해' 같은 말을 반복하면 듣는 사람도 힘들 수밖에 없다. 버거운 감정을 무작정 짊어질 수 있는 사람은 없다.

감정 교류를 멈추란 말이 아니다. 그저, 상대방도 아파하고 괴로워하는 사람이라는 걸 감정을 표현하기 전에 생각할 줄 알아야 한다. 좋은 감정이 전염되듯 나쁜 감정도 전염된다. 힘든 것은 솔직하게 표현하되, 서로가 감당할 수 있는 범위 내에서 적절한 단어를 추릴 줄 아는 지혜가 필요하다. 마음은 감정을 수용할 수 있는 한계가 있다. 그 선을 넘으면 흘러넘친다. 흘러넘친 건 되돌릴 수 없다.

세상을 이겨 낼 유일한 힘

태어나면서 우리에게 주어지는 숙제가 있다면, 그건 아마 좋은 사람을 만나는 일이 아닐까 싶다. 누구에게도 말하기 힘든 걱정거리를 솔직하게 터놓을 수 있는 사람. 평생 함께해도 괜찮겠다는 믿음이 생기는 사람. 최고의 친구가 되기도 하고 가족처럼 마음이 편해지기도 하는 사람. 바다를 둥둥 떠다니며 표류하는 우리에게 간절히 필요한 등대 같은 사람 말이다. 좋은 사람을 만난다는 건 인생에 몇 번 없는 축복을 손에 쥐는 일이다.

사람은 살면서 수많은 관계를 맺는다. 정말 꼴도 보기 싫은 사람이 있는가 하면, 아무 이유 없이 나를 싫어하는 사람도 있다. 이런저런 유형의 사람을 다 제외하고 나면 남는 사람이 몇 없다. 얼마 남지 않은 내 사람 중에서 인연을 발견하는 일. 어려운 일일 수밖에 없다. 어쩌면 당신 곁에도 밝게 빛나는 사람이 있을지도 모른다. 그 빛에 익숙해져서 소중함을 잃어버린 것일지도 모른다.

평생을 곁에 함께 있어 줄 소중한 존재. 일의 경중을 떠나 항상 힘이 되어 줄 존재. 좋든 싫든 신뢰를 잃어버리지 않는 존재. 그러니까, 당신이 살아갈 이유가 되어 줄 존재. 이제는 빛을 온전히 바라볼 수 있길 바랄 뿐이다. 삶이 아무리 힘들더라도 내 사람이 있다면 전부 이겨 낼 수 있다. 수백 번 넘어지더라도 응원해 줄 사람이 있다면 다시 일어날 수 있다.

소중한 사람이 주는 힘은 그 무엇보다 강력하고 견고하다. 그런 사람을 만날 수 있기를 바란다. 세상을 이겨 낼 유일한 힘을 얻을 수 있기를 바란다. 나를 믿어 주는 사람이 있다는 건, 삶을 버텨 낼 충분한 이유가 된다.

한겨울의 손난로 같은 사람

새하얀 눈이 내리는 겨울밤, 따뜻한 차 한 잔과 함께 바깥을 내다보았다. 창밖으로 떨어지는 눈은 어디서부터인지 모를 깊은 울림을 안겨 주었다. 그때 머릿속에 무언가가 떠올랐다. 만남과 만남 사이에는 측정할 수 없는 정체 모를 따스함이 있다는 것.

사람들과의 만남에서 불편하고 어색한 순간이 많았다. 이전에는 이러한 상황에서 느껴지는 불편함 때문에 인간관계를 최대한 멀리하곤 했다. 그러나 서로의 마음이 만나고 소통할 때, 언어로 표현하기 어려운 따스함이 있다는 사실을 알게 됐다. 그 순간, 마치 온기가 내 머리에서부터 발끝까지 전체적으로 퍼져 나가듯이, 따뜻한 무언가가 나를 감싸는 느낌이 들었다.

인간관계에서의 따뜻함은 그 무엇으로도 측정할 수 없지만, 이보다 큰 힘이 되는 것도 없다. 이해와 존경심을 바탕으로 이루어진 대화는 언제나 새로운 영감을 준다. 서로의 부족한 부분을 채워 줄 수 있는 진심 어린 조언을 들을 때면 소리 없이 강렬히 불타는 용기를 얻게 된다. 이렇게 하나하나 쌓이는 따뜻한 마음의 만남이, 마치 내 안에 쌓여 있는 얼음을 녹여 나가는 듯하다.

나는 인간관계에서 느껴지는 따스함에 큰 감동을 받는다. 마음과 마음의 만남은 삶에 빛을 비춰 주는 귀중한 경험이다. 따스함을 통해 나는 나를 사랑하게 되고, 세상을 좀 더 아름답게 바라볼 수 있게 된다. 어떤 마음은 한겨울의 손난로보다 더 소중하다.

짧은 말의 소중함

어떤 말은 생각을 거치지 않고 입 밖으로 쉽게 튀어나온다. 생각을 거치지 않는 이유는 간단하다. 말의 무게가 가볍기 때문이다. 나에게 짐이 되지 않는 말, 혹은 상대방에게 짐이 되지 않는 말이 그렇다.

어떤 말은 거창하지 않음에도 불구하고 말의 무게가 상당하다. 고맙다는 말, 미안하다는 말, 사랑한다는 말이 그렇다. 긴 문장도 아니고 끈적한 수식어가 붙은 것도 아닌데 입 밖으로 내뱉기가 어렵다.

감정을 죄다 표현하기에 턱없이 짧은 말이다. 그러나 이 짧은 말 한마디에 모든 감정이 담겨 있다 생각하니 입 밖으로 쉽게 꺼낼 수가 없는 것이다. 숨겨 놓았던 마음의 일부가 드러난 것 같아 되려 부끄러움을 느낀다. 결국 말을 내뱉는 대신 가벼운 웃음이나 한숨으로 이를 대체할 때가 많다.

그러나 돌이켜 보니 웃음과 한숨으로 대체했던 말은 사실 내가 간절히 듣고 싶었던 말이기도 했다. 짧은 말이지만 모든 감정을 담고 있기 때문이다. 일 초면 끝나는 한마디가 일주일의 기분을 좋게 만든다. 짧은 말임에도 그 여운이 상당하다.

어쩌면 우리 모두가 이 짧은 말 한마디에 굶주려 있을지도 모른다. 일 초면 내뱉을 수 있는 한마디를 듣기 위해 목숨을 건다. 한마디면 인생이 바뀌니까. 짧은 말의 소중함을 무시하지 않는 사람이 되어야 한다.

고맙다. 미안하다. 사랑한다.

한마디가 삶을 바꾼다.

친절은 사람을 배부르게 만든다

어떤 친절은 음식보다 더 좋은 맛이 난다. 그래서인지 음식점에 가야 할 때면 얼마나 맛있는 식사를 주는지보다 얼마나 친절한 응대를 해주는지를 더 중요하게 여길 때가 많다. 맛의 여운은 짧지만 친절의 여운은 길기 때문이다. 평범한 식당일지라도 친절을 느낄 수 있었던 곳은 자꾸만 생각이 난다.

사람도 마찬가지가 아닐까 싶다. 다정함과 친절이 몸에 배어 있는 사람은 헤어지고 나서도 여운이 굉장히 길다. 평범한 사람일지라도 마음의 허기를 채워 준 사람은 자꾸만 생각이 난다. 마음의 허기는 몸의 허기에 비해 쉽게 채울 수 없는 까닭이다.

마음의 허기는 어떤 음식으로도 채울 수가 없다. 최고급 레스토랑에서 스테이크를 먹는다 한들 식사를 하는 잠깐의 기분만 좋아질 뿐이다. 마음이 채워지지 않으면 기분이 울적할 때마다 사는 것이 힘들다며 자신의 인생을 탓하게 된다.

마음의 허기를 채우기 위해서는 스스로 마음을 챙기는 것이 가장 좋은 방법이다. 하지만, 그럴 여유가 없을 때는 누군가의 다정함과 친절함이 한 줄기 따스한 빛처럼 느껴진다. 반대로 보면, 다정하고 친절한 사람이 되는 것보다 중요한 게 또 없다는 뜻이기도 하다.

누군가에게 따스한 빛을 건네줄 수 있는 사람이 되기를 바란다. 마음의 온기를 채워줄 수 있는 친절한 사람이 되기를 바란다. 마음의 허기를 채워 줄 수 있는 훌륭하고 멋진 사람이 되기를 바란다. 친절은 사람을 진짜 배부르게 만든다.

인정하는 건 인정받는 것이다

세상에 존재하는 수많은 말 중에서 가장 어려운 말이 무엇인지 묻는다면, '감사합니다'라는 말을 꼽을 것이다. 정말 쉽게 내뱉을 수 있는 말처럼 보이지만, 막상 누군가에게 감사함을 표현하는 순간에 놓이면 좀처럼 입 밖으로 쉽게 튀어나오지 않는다.

감사하다는 말은 참 특이하다. 진심의 농도가 옅어도 무겁고 짙어도 무겁다. 진심을 담지 않은 감사함은 무의미해 보여서 말하기 힘들고, 진심을 담은 감사함은 부끄러워서 말하기 힘들다. 감사하다는 말 대신 미소와 끄덕임을 전하는 게 익숙한 것도 이와 같은 이유에서일 것이다.

나는 아무리 사소한 것일지라도 일단 감사하다고 말하는

습관이 있다. 심지어 전혀 감사하지 않아도 되는 상황일지라도 일단 감사하다고 말한다. 돈을 지불하고 주문한 커피가 나올 때도 반드시 감사하다는 말을 건넨다. 이건 커피를 건네받아서가 아니라, 커피를 만들어 준 직원의 시간과 노력을 인정하기에 나오는 말이다.

세상에 존재하는 모든 결과물에는 누군가의 시간과 노력이 담겨 있다. 감사하다는 말은 그 시간과 노력을 인정해 주는 일이다. 내 마음을 전달하는 일이라기보다는 다른 이의 마음을 알아주는 일에 가깝다는 것이다.

시도 때도 없이 감사하다고 말하면 가식적인 사람이라고 느껴질 수도 있겠다. 하지만 나는 이 습관이 인생을 바꾼다고 믿는다. 감사는 또 다른 기회를 끌어당기는 자석과도 같은 표현이기 때문이다.

한번은 인파가 북적이는 음식점에 갔다. 앞접시가 하나 부족하게 나왔다. 누구나 짜증이 날 만한 상황이었지만, 주방에 직접 가서 앞접시를 달라고 했다. 정신없이 접시를 닦던 사장님은 설거지가 막 끝난 뽀독뽀독한 접시를 주었다.

당연히 받아야 하는 접시였지만, 나는 "바쁘실 텐데 깨끗한

앞접시 주셔서 감사합니다."라고 말했다. 그날은 메인 음식을 공짜로 먹었다. 고마움을 전한 것은 나였지만, 사장님은 오히려 그 말 한마디에 더 큰 고마움을 느낀 것이었다.

감사하다는 말은 어렵지만 엄청난 힘을 가지고 있다. 자신의 감정을 표현하면서 동시에 누군가의 노력을 인정해 줄 수 있는 기적과도 같은 표현이기 때문이다. 표현하는 일로 생각하면 왠지 부끄럽지만, 인정하는 일로 생각하면 마음 편히 말할 수 있다.

표현하는 사람이 되는 게 어렵다면, 인정하는 사람이 되었으면 좋겠다. 그리고 모든 것에 감사하는 습관을 만들어 보자. 고마움을 건네는 것 이상으로 되돌아오는 게 많을 것이다.

진짜 좋은 사람

좋은 사람을 곁에 두기 어려워진 세상이다. 아니, 곁에 두기 어려워졌다기보다 누가 진짜 좋은 사람인지 알아차리기 힘든 세상이 찾아왔다는 표현이 더 적합할 것이다. 어쩌면 당연한 일이 아닐까 싶다. 스스로조차 가면을 쓰고 사는데 다른 사람이 나에게 가면을 쓰지 않고 대했으면 좋겠다고 바라는 것. 참으로 이기적인 생각이 아닐 수 없다.

그럼에도 불구하고 우리는 좋은 사람을 찾아야 한다. 아니, 좋은 사람이 곁에 있어야만 한다. 지칠 때 어깨를 빌려주는, 넘어졌을 때 손을 건네주는 사람이 곁에 한 사람이라도 있다면, 아무리 힘든 인생의 시련이 찾아와도 최후의 한 번을 계속해서 외칠 수 있을 테니까.

좋은 사람을 찾는 방법. 누구나 저마다의 기준을 가지고 있겠지만, 가장 효과적으로 느껴지는 방법은 나락으로 떨어진 나의 추한 모습을 보여 주는 것이다.

예전에는 추한 모습을 보여 주기보다 멋진 모습을 보여 주어야 한다고 생각했다. 좋은 사람은 나의 멋진 모습을 보고 다가오는 것이라 믿었던 까닭이다.

하지만 현실은 반대였다. 진짜 나를 위하는 사람은 정상에 있을 때가 아니라 바닥에 있을 때 다가왔다. 모두가 칭찬할 때 덩달아 손뼉 치기보다, 아무도 곁에 있지 않으려 할 때 끝까지 남아 있는 사람. 고난을 헤쳐 나갈 수 있도록 격려의 말을 건네준 사람. 이런 사람이야말로 진짜 나를 위하는 사람이었다. 좋은 사람은 내가 보잘것없는 존재가 되었을 때 나타난다.

그렇다고 해서 모든 사람에게 추한 모습을 보여 줄 필요는 없을 것이다. 오히려 그건 다소 멍청한 행동일지 모른다. 평생을 함께해도 괜찮을 것 같은 사람이라고 판단된다면, 그리고 그 사람의 속마음을 알고 싶다면, 그때 시도해 보면 좋을 듯하다.

초라한 모습을 보고 냉정히 뒤도는 사람이 있을 것이다. 언젠가 당신을 홀로 두고 떠나갈 사람이니 주의하는 게 좋다. 어딘가엔 따스한 포옹을 건네주는 사람이 있을 것이다. 아무

짝에 쓸모없어진 모습을 하고 있더라도, 평생을 함께하며 당신을 진짜 가치 있는 사람으로 만들어 줄 사람이다. 이런 사람을 곁에 두어야 한다.

인생은 혼자 헤쳐 나갈 수 없으니 신뢰할 수 있는 누군가를 찾아야만 한다. 기왕이면 조금 더 현명하게 당신만의 사람을 곁에 두었으면 좋겠다. 당장 행복하지 않더라도, 같이 행복을 만들어 나갈 수 있는 그런 사람을.

올바른 감정 표현이란

가장 멀리해야 할 말은 '짜증 난다'라는 말이다. 이 말은 세상에 존재하는 모든 부정적인 단어를 함축해 놓은 말이다. 게다가, 말을 내뱉기까지 길게 생각할 필요도 없기 때문에 소통하기 위해 들인 상대방의 시간과 노력마저 무시하게 된다.

기분이 좋지 않아 부정적인 말을 입 밖으로 꺼내야 하는 상황이 오더라도, 상대방의 시간과 노력을 무시하는 말을 내뱉어선 안 될 것이다. 감정을 재빨리 털어 내고 상황을 회피하고 싶겠지만, '짜증난다' 한마디로 대화를 끝내는 건 그 사람과의 관계를 끝내는 것과 같다. 오래가지 못하는 관계는 대부분 대화가 짧다.

주변을 살펴보면, 기분 나쁜 상황을 회피하기 위해 모든 감정을 한 번에 털어 내고 뒤돌아서는 사람이 많다. 자신의 감정 표현이 끝났으니 상대방의 입장은 크게 신경 쓰지 않는 것이다.

이런 상황이 반복되면 상대방의 감정은 계속해서 무시되며, 결국 나중에는 흔히 말하는 '감정 쓰레기통'이 되어 버린다. 게다가 부정적인 감정을 단순하게 함축시키는 것이 습관이 되면, 긍정적인 기분이 들 때에도 그 감정을 구체적으로 표현할 수 없게 된다.

평소 우리가 긍정적인 감정을 온전히 받아들이기 위해 노력하는 것처럼, 부정적인 감정 또한 길게 유지하여 올바르게 해소하는 것이 중요하다. 핵심은 길게 유지하는 것이 아니라, 올바르게 해소하는 것이다.

안 좋은 기분이 들었다면, 왜 그런 기분이 들었는지, 어떻게 기분을 좋게 풀어 나가고 싶은지, 기분을 좋게 풀지 못하면 어떤 마음이 생길 것 같은지를 같이 표현해 주어야 한다.

대화는 혼자서 하는 것이 아니라 둘이서 하는 것임을 명심해야 한다. 감정 표현도 마찬가지다. 혼자서 표현하는 것처럼 보여도, 전달하는 사람과 전달받는 사람이 있다. 부정적인 감정이라 해도 구체적인 표현이 밑바탕이 되어야 건강한 대화를 이끌어 나갈 수 있다.

감정은 관계를 달리게 하는 연료가 되기도 하지만, 되려 관계를 무너트리는 무기가 되기도 한다.

익숙함에 속아 소중함을 잃지 말 것

소중한 것이 소중하지 않은 것보다 잃어버리기 쉽다. 익숙함에 속아 평생 자신의 곁에 있을 것이라 착각하게 되는 것이다. 그리고 가장 흔하게 잃어버리게 되는 소중한 것 중 하나는 바로 사람이다.

소중한 사람일수록 더 많은 정성을 쏟아야 한다. 하지만 많은 사람들이 이 사실을 모르고 정반대로 행동한다. 처음 보는 사람에게는 상대방이 좋아하는 식사를 대접하고 여러 가지 질문을 던지며 친해지기 위해 노력한다. 하지만, 익숙한 사람에게는 그렇지 않다. 더 많은 정성이 필요한 소중한 사람에게는 익숙하다는 이유 하나만으로 소홀해지는 것이다.

줄어든 정성은 쉽게 알아차릴 수 있다. 눈에는 보이지도 않는 것이 피부에 가시처럼 박히는 느낌이 든다. 일시적인 정성은 무관심보다 더 큰 상처로 다가온다. 상대방이 변했다는 것이 느껴지면 눈물이 나오고 마음이 아프다. 그래서 마음이 떠나는 것이다. 더 이상 괴롭기 싫으니까.

소중한 사람이 곁에 있어 준다는 것 자체에 감사해야 한다. 자신에게 물질적으로 도움이 되지 않을지라도, 곁에 존재해 준다는 것만으로 정신적으로 큰 도움이 된다. 소중한 사람에게 늘 감사함을 표현해야 할 이유다.

소중한 사람을 대할 때는, 늘 상대의 입장에서 생각해야 한다. 어떻게 말을 건네야 할지 생각하기보다, 어떻게 말을 받아들일지 생각해야 한다. 사람의 마음은 한 번 떠나면 쉽게 돌아오지 않는다.

평생 곁에 머무르는 것은 없다. 그러니 현재 곁에 존재한다 해서 소홀히 대하면 안 된다. 소중함을 잃어버렸을 때 후회하는 것은 결국 자기 자신이니까 말이다.

허수아비 같은 사람

괴로운 순간은 주기적으로 찾아온다. 마치 고통을 즐기기라도 한다는 듯이 말이다. 이렇게 지치고 힘들 때는 모든 것을 혼자서 감당하는 것이 정말 버겁다.

혼자서 감당하는 것이 힘들기 때문에 누군가가 자신의 짐을 거들어 주었으면 좋겠다는 생각을 하게 된다. 실제로 짐을 거들어 주는 것이 아니더라도, 그저 곁에 있어 주는 것만으로 큰 힘이 될 때가 많다.

하지만 많은 사람이 이것을 잘 모른다. 힘들어하는 누군가가 있으면 묵묵히 곁을 지켜 주려고 하기보다, 어떤 말이든 건네려고 노력한다. 물론 공감과 위로를 해주기 위해 노력하는 행위는 참 좋다. 하지만, 때론 그 어떤 격려의 말로도 도움을 줄 수 없는 사람도 있다.

게다가, 문제를 해결할 수 있는 방법이 중요하다고 생각했는지, 귀가 닳도록 조언만 하는 사람도 있다. 해결책을 제시해 주는 것은 물론 현명한 방법일지 모른다. 하지만, 당사자가 해결할 용기가 없다면 아무리 좋은 해결책이라고 할지언정 쓸모없는 지식이 되어 버린다.

때론 침묵이 짐을 거든다. 아무 행동도 하지 않고 묵묵히 곁을 지켜 주는, 아무 말도 하지 않고 묵묵히 말을 들어 줄 수 있는, 그런 사람이 큰 힘이 된다.

마음의 온기를 미지근하게 나누어 얼어붙은 마음을 서서히 녹게 만들어 준다면, 그 어떤 공감과 위로보다, 그 어떤 뛰어난 해결책보다 더 큰 힘이 된다. 때론 백 마디 말보다 그저 옆자리를 지켜 주는 것이 더 큰 힘이 될 때가 많다.

어떤 말로도 해결되지 않는다면, 말로 해결할 수 있는 문제가 아니다. 그럴 땐 허수아비 같은 존재를 찾았으면 좋겠다. 머리를 채워 주는 사람이 아니라, 마음을 채워 주는 사람이 필요한 시기다.

생각 많은 사람이 좋다

대개 누군가와의 소통이 어렵게 느껴지는 건, 단지 할 말이 없기 때문은 아닐 것이다. 산더미처럼 쌓인 말이 누군가에게 짐이 될까 두려웠을 터. 다듬어지지 않은 말의 일부가 누군가를 찌르게 될까 걱정되었을 터. 말 한마디가 얼마나 큰 힘을 가졌는지 알기에, 상대방을 배려하는 마음이 더 컸기에, 내뱉기 어려웠던 것일 뿐이다.

인간관계라는 게 참 독특하게 흘러간다. 말을 쉽게 내뱉는 사람은 말솜씨가 좋다는 소리를 듣는다. 사람들이 듣고 싶어 하는 말을 하는 게 아닌데도, 그저 소통이 끊이지 않는다는 이유로 호평을 받고 관계가 넓어진다. 말을 숨기는 사람은 다르다. 왠지 비밀이 많은 듯 보이고, 꿍꿍이가 있는 것처럼 느껴지기도 한다. 결국 상처가 된다. 상대방을 위했던 행동이, 독이 되어 돌아온다.

빠른 소통이 가능해진 시대가 됐다. 한참을 기다리며 편지를 주고받아야 했던 예전 시대와는 다르다. 전 세계 어디에 있든 몇 초면 안부를 나눌 수 있고, 원하면 언제든지 서로의 얼굴을 볼 수도 있다. 이런 일들의 편리함에 익숙해지다 보니, 빠른 소통은 너무나 당연한 삶의 일부가 되었다.

문제가 하나 생겼다면, 속도에 얽매이게 되었다는 점이다. 몇 분 안에 답장을 받지 못하면 '이 사람이 나를 무시하는구나' 하는 느낌이 들기도 한다. 사람들의 여유가 점점 사라지는 듯 보인다. 생각할 시간이 부족하다. 생각이 습관인 나 같은 사람에게는 너무나도 치명적인 세상이다. 어떻게든 사람들과 어울리기 위해 헛소리를 늘어놓기도 한다. 진심이 담기지 않은 말임에도 일단 꺼내고 본다. 돌이켜 보면 후회로 남는 순간들. 관계를 이어 나간다는 명목으로 굳이 나를 잃어야하는 것일까. 이보다 무서운 관계가 또 없다.

생각이 많은 사람을 좋아한다. 머릿속에 떠다니는 단어와 표현, 그런 감정이랄 것이 너무도 다채로운 탓에, 정제하기 위한 시간이 필요한 사람 말이다. 끊임없이 대화를 나눌 수 있는 사람보다는, 오히려 끊기며 말할 수 있는 사람과 대화하는 것이 좋다. 갑자기 말이 끊길 때면, '이 사람이 나를 위해 최고의 단어를 추리고 있구나', '약간의 상처도 안 주기 위해 말을 거친 면을 다듬고 있구나' 하고 받아들일 수 있다.

생각이라는 보이지 않는 보석을 갈기 위한 노력. 그런 서로의 노력이 보인다. 대화는 끊길지언정, 마음은 무엇보다 강하게 연결된 사람. 그런 사람이 좋고, 그런 사람들로 하여금 마음에 온기가 돈다. 만약 당신의 삶이 빠른 소통으로 채워져 있다면, 그에 피로를 느끼고 있다면, 이제부터는 마음을 연결할 수 있는 관계를 만들어 보았으면 한다. 나를 진심으로 배려하는 사람과 연을 맺는다는 건, 참으로 큰 축복이 아닐 수 없다.

사랑은 목격하는 것이다

상당수의 연인이 '외로움'이라는 난관에 봉착하게 된다. 함께이지만 혼자인 듯한 느낌. 누군가는 현명하게 극복해 내지만, 누군가에게는 관계의 마지막이 되는 감정. 사랑을 해도 외롭다는 사실에, 더 외롭기만 하다. 사랑에 노력이 필요하다는 말을 '함께 있는 시간'을 늘리는 것으로 받아들이는 사람이 많은 듯하다. 하지만, 서로 붙어 있는 시간이 많을수록 더욱더 애틋해지고 가까워질 것이라는 생각은 착각에 불과하다.

물론 시간이 필요한 건 사실이다. 시간을 들이지 않으면 할 수 있는 게 아무것도 없다. 그러나 시간만 가지고는 할 수 있는 게 없다. 시간을 어떻게 활용하느냐에 따라 그날의 기분이 달라지고 기억이 결정된다. 적잖은 노력을 들여야 시간은 쓰임새를 갖춘다. 노력이 담기지 않은 시간은 사랑의 영역까지 도달하지 못한다. 결국 의미 없이 가치를 잃고 분해되는 시간들. 시간은 재료일 뿐인데, 그걸 모른다.

분해되는 시간들을 보았다. 기술이 발전하며 우리에게 주어진 편리함. 그런 편리함은 우리의 시간을 절약할 수 있는 수단으로 태어났다. 그러나 절약된 시간을 제대로 사용하지 못한다는 것이 문제다. 특히나 스마트폰은 어찌나 시간을 잡아먹는 괴물과도 같은지.

카페나 음식점에서 서로를 앞에 두고 자신의 괴물에게 시간을 내어 주는 사람이 많다. 서로를 마주 보고, 오늘 하루의 안부를 묻고, 기분 좋게 웃고 떠들어야 할 시간이 허공에 흩뿌려진다. 별다른 노력 없이 재미를 느끼게 해주는 스마트폰. 각자의 세계에 시선을 고정시켜 현실을 바라보지 못하게 만드는 괴물. 두려워해야 한다.

함께 있는 시간이란, 상대를 향한 관심이 동반되었을 때 비로소 흐르기 시작한다. 사람을 앞에 두고 관심을 주지 않는 건, 그 사람의 존재를 지워 버리는 일과 같다. 함께 있어도 외로움이 느껴지는 이유다.

사랑은 집중이 필요하다. 하루 종일 붙어서 스마트폰을 하는 것보다, 단 30분이라도 서로를 마주 보며 집중하는 것이 훨씬 중요하다. 사소한 행동이라 할지라도 이를 바라보고, 기억하고, 교감하는 것. 눈동자로 단어를 쓸어 담고, 포장하여, 리본을 다는 일 말이다.

안부를 자주 묻는 편이다. 오늘 하루 어떤 일이 있었는지 궁금한 건 아니다. 대부분의 하루가 어제와 비슷할 테니까 말이다. 그저, 물음에 답하는 모습은 어떻게 생겼는지, 내뱉는 각 단어에는 어떤 감정을 담고 있는지, 그 표정은 얼마나 다채로운지를, 두 눈에 담고 싶은 마음뿐이다. 그런 노력만이 서로의 세계에 발을 내딛게 한다고 믿는다. 바라보지 않으면 입장할 수 없는 곳. 바라보아야 문이 열리는 곳. 사랑은 목격하는 것이다.

행복은 나누어 가는 것이다

대개 사람들은 완벽한 형태의 행복을 꿈꾸는 듯하다. 종종 삶에 관한 이야기를 듣게 된다. 성공한 인생을 살기 위해서, 혹은 인생을 바로잡기 위해서 노력하는 사람들의 이야기 말이다. 좋은 회사에 취업하기 위해 부단히 공부하는 청년도 있고, 은퇴 후 자영업을 하기 위해 열심히 돈을 모으는 중년도 있다.

자신의 노력에 이유를 덧붙이는데, 대부분 '남은 인생을 행복하게 살고 싶어서'라는 의미가 담겨 있다. 여기서 말하는 행복이란 노력이 결실을 맺게 되었을 때 느껴지는 감정일 것이다.

그러나 문제가 있다. 하나는 노력이 완성되었을 때 또 다른 욕심에 사로잡힌다는 것이고, 다른 하나는 노력이 완성되지 못했을 때 큰 상실감으로 인해 좌절하게 된다는 것이다. 어느 쪽이 되었든 완전한 행복과는 거리가 멀지만, 그렇다 해서 행복을 추구하는 방식을 비난할 수는 없을 것이다. 노력했다는 사실은 변함없으니 말이다.

그렇기에 인생을 살면서 꼭 필요한 능력 중 하나는, 그런 불완전한 상태의 행복을 적절한 태도로 받아들이는 능력일 것이다. 적절한 태도 앞에서 불행은 무력해지기 때문이다.

노력하면 꽤나 완벽해질 것 같은 삶이지만, 사실 완벽한 삶이란 존재하지 않을 것이다. 누구나 감당하기 어려운 것이 있고, 통제할 수 없는 면이 있고, 처음 겪어 당황하게 되는 일이 있다. 그렇다 보니 실수가 생길 수밖에 없고, 상처받을 수밖에 없고, 괴로워할 수밖에 없다. 사람은 애초에 완벽이라는 단어와는 거리가 먼 존재인 것이다.

이렇게 엉망진창인 삶 속에서 완벽한 행복을 추구하는 건 허망한 집념에 사로잡히는 일이 될 뿐이다. 완벽이라는 단어에 집착할수록 약간의 실수, 실패, 상처 같은 것이 나를 더욱 더 비참하게 만든다. 우리가 가져야 할 태도는 그런 집착스러운 기준을 내려놓는 것이다.

자신의 실수를 투명하게 바라보고, 무너진 모습을 인정하고, 현실에서 도망치지 않는 것. 더 나아가 자아성찰을 하고, 나를 사랑하고, 용서를 주고받고, 서로의 부족함을 이해할 줄 알게 되는 것. 그러니까, 그럼에도 불구하고 서로의 손을 놓지 않는 것. 불완전한 행복 속에서 삶을 이어 나갈 수 있는 유일한 방법이자 태도라 믿는다.

나는 완벽한 행복이 없다는 것에 오히려 위안을 얻는다. 행복의 영역에서는 완벽을 추구할수록 '나'와는 가까워지더라도 '주변'과는 멀어진다고 느끼기 때문이다. 가령, 태어나자마자 완벽한 능력을 갖추고 있다면, 혹은 노력하지 않아도 경제적 자유를 얻을 수 있다면, 누군가에게 조언을 구하거나 도움을 받을 필요조차 없어질 것이다.

자신이 너무 마음에 들어 누구에게도 마음을 줄 이유가 없어진다면, 누군가와 마음이 엮일 기회조차 사라질 것이 분명하다. 누군가에게 의존해야 하는 사람으로 태어났기에, 서로의 짐을 덜어 주고 용기를 북돋아 줄 수 있는 사람을 찾게 되는 게 아닐까 싶다.

다시 일어날 이유가 되어 주는 사람이 있기에, '나'를 잠시 내려놓고 '우리'라는 단어 속에 뭉쳐 있을 수 있다. '행복해야지'라는 말보다, '우리 행복하자'라는 말이 더 따뜻하게 느껴지는 것도 이 때문일 것이다.

결국 행복이란, 어떻게 부풀려 갈 것인지가 아닌, 어떻게 나누어 갈 것인지에 대한 문제다.

3장

시절에 의미를 새기며

●

의지가 삶을 빚어낸다

인간에게 있어 가장 중요한 것은 무엇보다 의지가 아닐까 싶다. 의지는 볼 수도 없고 측정할 수도 없다. 그러나 인간의 역사를 돌이켜 보면, 눈으로 볼 수 있는 모든 것은 결국 인간의 의지로부터 만들어졌다.

계절마다 골라 입을 수 있는 옷부터 시작하여, 목소리를 주고받을 수 있는 휴대전화, 먼 거리를 이동할 수 있는 교통수단, 편안하게 쉴 수 있는 거주공간까지. 인간은 의지라는 한 단어로 문명을 쌓아 올렸다.

의지란 그 존재 자체로는 굉장히 약하고, 언제든 꺾일 수 있을 만큼 견고하지 못하다. 그러나 의지라는 것에서부터 파생되는 모든 감정은 인간에게 모든 것을 이룰 수 있는 힘을 부여한다. 불가능에 도전할 용기, 가능성을 끌어올리는 희망, 이룰 수 있다는 강한 믿음과 같은 것들 말이다.

이런 감정이 눈에 보이지 않는 것을 눈으로 확인할 수 있는 형태로 바꾸어 놓는다. 이때 느껴지는 쾌감이란, 앞으로 다가올 헐벗은 미래 또한 충분히 개척 가능하다는 것을 입증해 줄 완벽한 증거가 된다. 의지를 만드는 것은 사람이지만, 결국엔 이 의지가 사람을 만드는 것이다.

의지 하나로 인생을 통째로 바꾼 사람을 여럿 보았다. 지인 중 한 명은 예전부터 수영 코치가 되겠다는 꿈이 있었다. 그다지 수영에 적합한 체형도 아니었고, 타고난 능력이라든지 이를 키워 나갈 적당한 환경조차 갖추고 있지 못했다.

그럼에도 불구하고 그저 수영이라는 행위 자체를 즐기는 사람이었다. 나중에는 수영을 가르치는 사람이 될 것이라는 의지 하나로 수영을 이어 나갔다. 시간이 날 때마다 수영장에 가서 시간을 보냈고, 필요한 체력을 기르기 위해 근력운동과 식단 조절도 했다. 어느 날 오랜 기간 동안 다니던 수영장 관리자의 눈에 들어왔는지, 회원들을 코치해 볼 생각이 없냐는 제안을 받았다. 평범한 직장인이었던 그였지만, 그 순간부터 수영 코치가 됐다.

단순히 수영을 이어 나간 것만으로는 꿈을 이룰 수 없었을 것이다. 그가 지녔던 의지로부터 파생된 것, 꿈에 적합한 사람이 되기 위해 생겨난 용기, 희망, 용기와 같은 것이 그의 의지를 눈에 보이는 형태로 현현해 낸 것이다. 보이지 않는 것이야말로 삶을 빚어내는 귀한 재료가 된다는 것을 다시 한번 깨닫는 순간이었다.

살다 보면 마음을 빼앗기는 일이 종종 생기곤 한다. 제대로 된 환경과 조건을 갖추지 못한 상황이더라도, 노력한다 한들 좋은 결과가 만들어질 것이라는 보장이 없어 보이는 일이더라도, 그저 '하고 싶다'라는 단순한 생각이 행동을 이어 나가야 하는 충분한 이유가 되는 그런 일 말이다.

당신에게 그런 일이 있다면, 반드시 의지가 동반되어야 할 것이다. 또한, 서서히 사라지는 의지로 인해 좌절하지 않기 위해서는, 앞서 말한 감정들처럼 의지가 한 단계 진화할 수 있도록 꾸준히 자신을 갈고닦아야 할 것이다.

나는 몇 년 전부터 '강연'이라는 일에 마음을 빼앗긴 상태다. 요즘 들어 내가 갈고닦는 의지다. 단순히 글로 누군가의 마음을 다독이고 이해해 주는 것을 넘어, 많은 사람 앞에서 나의 깨달음을 전파하는 사람이 되고 싶다.

하지만, 나는 말하기보다 글쓰기가 편한 사람인지라, 무엇부터 체계를 잡아야 할지 막막할 때가 많다. 때론 무대 위에 올라가야 한다는 생각에 벌써부터 겁이 난다. 그렇기에 요즘엔 타 강연자의 동영상을 보며 발음을 교정하고, 논리적으로 말하는 법을 익히고, 자신감 있는 태도와 시선처리 등을 익히고 있다.

내가 포기하지 않는다면, 의지가 꺾이지 않도록 계속 발전시켜 나간다면, 결국엔 눈에 보이는 형태로 바꿀 수 있을 것이다. 의지가 삶을 빚어내리라 굳게 믿고 있다.

시간에 맞서는 사람

시간이 없다는 말을 입버릇처럼 하고 다닌다. 간단히 밥이나 먹자는 말에도, 주말에 커피나 한잔하자는 말에도, 한결같이 시간이 없다는 말을 서두에 놓게 된다. 혹여 누군가와 만나게 되더라도 습관적으로 시계를 쳐다보며 시간이 얼마나 흘렀는지를 확인한다. 째깍째깍, 나에게는 시간의 발걸음이 들린다.

어린 시절에는 시간이 무한하다고만 생각했다. 사촌 형과 카드게임을 하고, 보이지 않는 검으로 영웅놀이를 하고, 구멍가게에서 사탕을 고르고 있을 때면 그런 날이 평생 갈 줄만 알았다. 하지만, 그런 시절이 평생 지속되지 않는다는 것을 인지했을 때부터 시간은 내게서 도망치기 시작했다. 붙잡기엔 이미 멀리 떨어진 후였다. 어쩌면 붙잡는 것이란 처음부터 불가능했을지도 모른다.

세상은 너무나도 빨리 변화했고, 그로부터 지켜야 할 것들은 계속 늘어났다. 사회의 구성원이 된 후에는 어떤 의무감 같은 것이 생겨서 나를 너무도 성실한 사람으로 만들어 놓았다. 그렇게 살다 보니 어느샌가 시간을 대하는 태도가 달라져 있었다. 늘 시간이 부족한 것 같다.

시간이 절대적으로 짧아지거나 상대적으로 빨리 흐르게된 것은 아닐 것이다. 그저 수행해야 할 임무 같은 것이 늘어나서, 그것을 전부 달성하지 못해서 조급해졌던 것이 분명하다. 그래서 나를 몰아세운 것이다. 늦지 않게 일을 끝내야 나만의 시간이 주어진다는 것을 잘 알고 있었기 때문에. 그 시간이야말로 주변의 소중함을 둘러볼 수 있는 유일한 여유라는 것을 잘 알고 있었기 때문에.

가끔은 시간이 잠시 멈추었으면 좋겠다는 생각을 한다. 모두가 멈추어서 달려야 할 이유조차 사라지는 그런 순간이 찾아왔으면 좋겠다. 소중한 사람과 단둘이서 웃고 떠들며 사랑할 수 있는 그런 평온한 하루, 시간에 쫓기며 생긴 조급함과 강박이 모두 사라지는 그런 날들을 상상한다.

그런 여유가 주어진다면 언제 그랬냐는 듯 활력을 되찾고 삶에 맞서 싸울 수 있는 힘을 충전할 수 있을 테다. 하지만, 아쉽게도 그런 날은 오지 않을 것이다. 설령 온다 하더라도, 그건 아마 삶이 얼마 남지 않았다는 신호가 될 것이 분명하다. 그렇기에, 시간에 맞서 싸우는 것 말고는 달리 방법이 없다.

　요즘엔 필사적으로 시간을 노려보며 산다. 이미 멀찌감치 떨어진, 절대 붙잡을 수 없는, 갈수록 속도가 빨라지는, 점점 나를 옥죄여 오는 시간. 그런 괴물 같은 녀석에 대항하기로 한 것이다. 말은 거창하게 했지만, 사실 내가 할 수 있는 일이라곤 고작 현재를 기록하는 일뿐이다. 시간이 아무리 흐른다 한들, 모든 것을 잡아먹고 바꾸어 놓는다 한들, 결코 훼손되지 않는 건 삶의 기록일 테니 말이다.

　의미 없고 사소한 순간일지라도 사진을 남긴다. 당연하고 틀에 박힌 내용일지라도 글을 남긴다. 대화를 나눌 때도 선물을 줄 때도 실용적인 것보다는 오로지 나만 건넬 수 있는 의미를 담아 전달한다. 이렇게 삶의 모든 구석에 나를 새겨 놓는다면, 현재의 내가 시간에 쫓기며 산다 해도, 지나온 날들에는 나라는 존재가 기록될 것임을 믿는다. 그런 기록들로 하여금 지나온 시간은 곧 내가 될 것이다.

언젠가 나의 시간이 얼마 남지 않게 되었을 때, 지나온 모든 순간에 내가 있다면 그걸로 된 것이다. 새겨 놓은 나의 모습이 의미를 유지하고 있다면, 비로소 시간에게 승리한 사람이 될 수 있으리라 믿는다. 시간에 맞서 싸우는 유일한 방법은 시간을 남기는 것이다.

불행의 언어

인생에는 '복'을 표현하는 두 가지 방향, 행복과 불행이 있다. 살아가며 느낀 게 있다면, 우린 '복'을 표현하기 위해 언어를 활용한다는 것이다.

불행은 언어와 연관이 깊다. 극심한 괴로움이 동반되는 현재가 지속될 때, 일이 뜻대로 풀리지 않을 때, 하루를 이어 나가는 게 버겁기만 할 때. 이때 언어는 이를 설명해 줄 대변인이 되고, 어째서 불행한 삶이 지속되는지 이해를 돕기 위한 수단이 된다.

반면 행복은 많은 설명을 필요로 하지 않는다. 포근한 햇살을 받으며 커피 한 잔의 여유를 즐길 때, 좋아하는 사람과 선선한 바람을 맞으며 산책길을 걸을 때, 하늘과 땅과 바다가 자아내는 날것의 아름다움을 느낄 때. 이때 언어는 단순히 기분 좋은 감정을 눌러 담아 보관할 수 있는 작은 항아리가 될 뿐이다. 행복은 조용하고, 불행은 시끄럽다.

불행을 느끼던 시절에는 삶과 관련된 서적을 많이 읽었다. 나에게 닥친 상황을 도저히 받아들일 수 없어서, 그 감정을 어떻게 표현해야 할지 몰라서, 이를 설명해 줄 언어를 찾아다녔던 것 같다. 인간관계에 진절머리가 났을 때는 심리학 책의 한 페이지에 있던 글귀가 도움이 됐다. 인간의 마음이 얼마나 간사하고 변덕스러운지 설명할 수 있는 단어를 습득하게 됐다.

삶의 모든 구석이 형편없다고 느꼈을 때는 철학 책이나 옛 선조들의 어록에서 인생을 유연하게 받아들일 수 있는 방식을 배웠다. 인생에는 힘든 일이 반드시 생기기 마련이라는 것을, 아무리 어려운 일도 결국 지나가기 마련이라는 것을 알게 됐다. 이렇게 습득한 불행의 언어들 덕분에 고통스러웠던 한 시절 속에서 다시 일어날 수 있었고 무사히 견뎌 낼 수 있었다. 나의 불행을 설명해 줄 언어가 없었다면, 아마도 스스로를 삶의 구렁텅이에 밀어 넣고 끝없이 추락했을 것이 분명하다. 불행의 언어는 어둡지만, 구원자가 되기도 한다.

행복을 느끼던 시절은 어떻게 설명해야 할지 아직까지도 잘 모르겠다. 그 시절 나의 기분을 대변하던 단어의 수가 그리 많지 않은 듯하다. 명확하고 논리적인 단어로 구구절절한 설명이 필요했던 불행과는 다르게, 행복했던 순간은 대개 사진 한 장으로 남아 있다. 사진첩을 들여다보며 과거를 회상해 보아도 그 시절을 설명할 수 있는 언어는 '이때 참 좋았는데', 혹은 '또 가고 싶다' 정도의 말뿐이다.

시끄러운 불행이 나쁘다는 것도 아니고, 조용한 행복이 마냥 좋다는 것도 아니다. 그저 불행 앞에서 크게 낙담하지 말고 행복 속에서 너무 안주하지 않는 삶을 살아갈 수 있다면, 그걸로 충분하지 않을까 싶다. 한 가지 바라는 게 있다면, 불행을 설명할 언어를 찾기 위해 발버둥 치는 시간을 줄이고, 행복을 설명할 언어를 발견하는 데 더 많은 시간을 쏟는 사람이 되는 것이다.

삶의 일기장을 밝은 부분으로 조금 더 많이 채워 나갈 수 있는 사람이 되기를 바란다. 돌이켜 보았을 때, 불행의 언어보다 행복의 언어가 조금 더 많다면, 그야말로 성공적인 삶이라 부를 수 있으리라 믿는다.

흘려보낼 줄 아는 능력

살다 보면 유독 힘든 하루를 겪게 되기도 한다. 일이 계획대로 풀리지 않거나, 주변 사람과의 언쟁으로 기분이 상해 버린 날. 이런 날에는 신경이 날카롭게 곤두서 있어서 머리가 깨질 것만 같고 사소한 접촉에도 쉽게 짜증이 난다. 더 큰 문제는 그 후에 생긴다. 오늘과 같은 엉망진창인 하루가 마냥 평생 반복될 것만 같은 느낌이 들기 시작한다. 오늘 하루를 깔끔하게 마무리하지 못하면, 다음 날도 그다음 날도 엉망이 될 것 같다는 두려움마저 찾아온다.

때론 과거의 선택이 문제가 되었다며 후회하기도 하고, 모든 문제의 원인이 나에게서 온 건 아닌지 스스로 의심까지 하게 된다. 단순한 착각에 불과할지도 모르는 난잡한 생각이지만, 이런 생각으로 인해 그런 날은 정말로 반복되고 현실로 다가온다. 근데 대개 이런 문제의 원인은, 갑자기 힘들었던 그 하루에 있는 듯하다.

사람은 오늘 하루의 문제를 삶 전체의 문제로 판단하는 경향이 있다. 의견 차이 때문에 가볍게 다투었다는 이유로 그 사람과의 관계를 계속 이어 나갈 것인지 고민한다. 실수를 한 번 했다는 이유로 적성에 맞지 않거나 능력이 없으니 포기해야겠다고 생각한다. 이런 문제를 계속 붙잡고 늘어지면 부정적인 감정을 끝맺기란 점점 더 어려워지기 마련이다.

갑작스럽게 생긴 일은 '그저 그런 일이 생겼나 보다' 하고 넘길 줄도 알아야 한다. 갑작스럽게 생기는 건 꼭 힘든 일뿐만은 아니기 때문이다. 힘든 일이 갑자기 생기는 것처럼, 좋은 일도 갑자기 생긴다.

삶 전체가 엉망이 되었다는 생각이 들더라도, 대개 시간이 조금 지나면 기분 좋은 날이 온다. 유독 개운하게 하루를 시작하는 날도, 우연히 마주친 길고양이가 나를 피하지 않는 날도 온다. 어떤 날은 노을에 걸린 구름이 꽤 멋지게 느껴지기도 하고, 가장 좋아하는 노래가 불현듯 들려와 마음을 쓰다듬어 주기도 한다. 이런 기분 좋은 순간들에 하루를 맡기며 살다 보면, 삶에는 마냥 힘든 일만 있는 게 아니라는 것을 알게 된다. 별로인 하루에 너무 연연하지 않아도 괜찮다는 것도 알게 된다. 오늘은 그저 오늘로 흘려보내면 될 일이다.

그날 세운 모든 계획이 틀어진다 하더라도, '오늘 일진이 안 좋나 보다', '이런 날도 있고 저런 날도 있지' 하고 속상한 감정을 그날에 묻어 두고 잊어버릴 줄 알아야 한다. '인생이라는 기나긴 여정 속에 이런 구렁텅이 하나쯤은 있을 수 있지'라는 생각으로 자신을 감싸지 않는다면, 하루의 감정으로 인해 삶 전체가 엉망이 되어 버릴 것이다. 별로인 하루가 있듯 아름다운 하루도 있음을 내가 먼저 알아야 한다.

나는 힘든 일이 생길 때면 가장 좋아하는 노래를 틀어 놓고 즐거웠던 순간이 담긴 예전 사진을 본다. 그저 일이 잘 풀리지 않는 시기일 뿐이라고, 나에게도 좋은 일은 늘 일어나고 있다고 생각하며 하루를 마무리한다. 시간이 조금 지나면 또다시 피어나는 아름다운 꽃을 보러 가고, 맛있는 음식을 먹고, 좋아하는 사람들과 기분 좋은 시간을 보내게 될 것을 안다. 지금까지 그래 왔기 때문에 앞으로도 그럴 것이라는 사실을 이제는 완전히 깨달은 상태다.

그대의 삶도 크게 다르지 않을 터. 그렇기에 하루가 엉망이 되었다고 해서, 요즘 들어 힘든 일이 유독 많이 일어난다고 해서, 너무 낙담하지 않았으면 좋겠다. 힘든 하루를 너무 힘들게 받아들이지 않기를 바랄 뿐이다. 이제는 하루가 아닌, 삶 전체를 살았으면 한다.

삶은 일기장을 채워 나가는 것

삶은 종종 불행해진다. 근데 불행이라는 건 단순히 눈물이 나오는 일반적인 상황은 아닌 듯하다. 그 어떤 노력도 적용되지 않는, 앞으로 나아가는 느낌이 전혀 들지 않는, 감정이랄 것이 무색해질 만큼 허무한 상태. 아마도 이게 불행이라는 녀석의 모습인 것 같다.

종종 불행을 느낄 때면 드는 생각이 있다. 인생이라는 게 원래 이리도 어렵게 흘러가는 것인지, 아무리 발버둥 쳐도 바꿀 수 없는 게 정말 존재하는 것인지, 결국 여기가 내 한계인 것인지.

시간은 계속 흐르고 생각은 점점 더 많아지지만, 현실은 바뀌지 않는다는 것을 느낀다. 그때마다 마음속에 존재하는 일기장 한 페이지에 마침표를 찍게 되는 듯하다. 이번 페이지도 엉망이 됐다고 중얼거리면서 말이다. 아무래도 불행을 느낀다는 건, 이번 페이지를 끝내야 하는 시기, 즉 내 삶의 한 부분을 있는 그대로 인정하고 넘어가야 하는 재정립의 시기가 아닐까 싶다.

이 시기가 찾아오면 주변을 더 자주 둘러보게 된다. 이 시기를 극복하는 현명한 해결책은 없는지, 나만 이렇게 힘든 것인지, 나와 같은 처지에 놓인 사람은 없는지, 나와 비슷한 생각을 하는 사람은 없는지 찾고 싶어서 그런 것 같다. 그렇게 한참을 둘러보면, 나와 비슷한 문장에 마침표를 찍은 사람이 여럿 보인다. 근데 겉으로 보면 참 무난하고도 매끄러운 삶을 살아가는 것 같다. 늘 웃음이 가득하고 긍정적이며 생기 있는 모습만 보이기 때문이다.

근데 이건 단순히 겉으로만 그들의 삶을 보았기 때문이 아닐까 싶다. 속은 이미 병들어 있고, 끝내 답을 내리지 못한 골치 아픈 문제를 마음속에 담아 두고 있고, 발버둥 친 흔적의 잔해가 이리저리 흩어져 있다. 결국 인정하게 된다. 사연 없는 인생이란 존재하지 않기 때문에, 누구나 저마다의 일기장에 엉망이 된 페이지를 수없이 가지고 있다는 것을 말이다. 아무래도, 굴곡 없는 삶이란 존재하지 않는 듯하다.

때로는 타인의 삶이 큰 위안이 되기도 한다. 내 삶이 세상에서 가장 형편없어 보이지만, 비슷한 걱정으로 속앓이하는 사람이 분명 존재한다는 것. 이들도 나처럼 삶의 한 부분에 힘없이 매달려 있고, 스스로의 비참한 모습을 견뎌 내며 살아간다는 것. 이를 보면 인생 앞에서는 누구 하나 다를 것 없다는 걸 느끼게 된다.

삶이란 현재를 있는 그대로 바라보고 인정하는 방법을 배우는 전쟁터가 아닐까 싶다. 그렇기에 아무런 걱정도, 슬픔도, 노력도 없는 그런 정적인 상태를 유지하기란 어려울 것이다. 그저 하루하루 소중했던 순간을 마음속에 기록하고, 가슴 아팠던 날들로 마침표를 찍으며 이 시절을 마무리하는 것. 남들처럼 충분히 노력했고 애썼다는 사실을 받아들이고 인정하며, 아쉬움을 뒤로하고 한 페이지의 끝을 내어 주는 것. 그럼 된 것이 아닐까 싶다.

마음속 일기장을 채워 나가는 일. 그게 우리의 삶이랄 것이 작동하는 방식이라고 믿는다. 한 페이지가 엉망이 되면 잠시 묻어 두었다가, 잘 쓰인 페이지를 보기 위해 다시 꺼내기를 반복하며 말이다. 그렇게 인정하는 법을 배운다. 불행은 그저 삶의 일부라는 것을.

불행이 비집고 들어오지 않도록

　행복에는 조건이 필요하다. 근데 이 조건은 나이가 들수록 점점 더 까다로워지는 듯하다. 다섯 살의 어린아이와 마흔 살의 성인이 똑같은 환경에서 웃을 수 없는 것도 아마 이 때문일 것이다. 다섯 살의 어린아이는 곰인형과 장난감 하나면 세상을 다 가진 듯한 미소를 지을 수 있다. 그러나 성인은 다르다. 작고 반짝이는 보석이 박힌 액세서리, 바다가 훤히 보이는 호텔 객실, 최고급 레스토랑의 스테이크 정도는 있어야 간신히 웃음이 나온다.

　하지만 뭐랄까 느낌이 다른 것 같다. 행복의 순도가 점점 더 탁해진다고 표현하면 적절할 것이다. 필요한 조건은 점점 더 까다로워짐에도 불구하고, 어린아이 때처럼 순수한 행복을 느낄 수가 없다. 이럴 때면, 시간이 흘러감과 동시에 행복과의 거리 또한 조금씩 멀어지는 것이 아닌가 싶기도 하다. 그래서 더욱더 발버둥 치는 것 같다. 어떻게든 예전처럼 순수한 행복을 느끼고 싶어서 말이다. 아무래도 행복은 내성이 생기는 듯하다.

만 원짜리 한 장으로도 행복하던 시절이 있었다. 친구들과 카페에 모여서 하루 종일 수다를 떨고, 배가 고프면 케이크를 사 먹고, 날이 어두워지면 맥주 한 캔을 마시며 하루를 끝내던 스무 살의 시절. 그 시절엔 만 원짜리 한 장이면 부족함이 없었다. 지금은 그 시절과 똑같은 상황에 놓여도 행복감이 느껴지지 않는다. 오히려, 그날 주어진 숙제를 완수했다는 안도감이 더 많이 느껴지는 것 같다.

나이가 들면서 내가 느끼는 만 원의 가치가 떨어진 탓도 있을 것이다. 행복을 느꼈던 그 순간이 반복되어 감각이 무뎌진 탓도 있을 것이다. 그렇다면, 지금 당장 최고급 레스토랑의 스테이크에 행복을 느낀다 할지라도, 어느 순간이 되면 그저 그런 날의 식사 한 끼가 될 것이 분명하다. 결국 적응하게 되는 것. 어쩌면 이건 피할 수 없는 삶의 순리인 듯하다.

무엇이 되었든 결국 무뎌질 것을 이제는 잘 안다. 최근에는 마음가짐을 바꾸기로 했다. 더 자주 무뎌져야겠다고 말이다. 어쩌다 한 번씩 연례행사처럼 겪는 특정 순간에 행복을 느끼기보다, 작고 사소한 모든 순간을 행복으로 받아들이자고 말이다.

흙냄새로 가득 찬 등산로에서 굳게 맞잡은 두 손, 바람을 타고 들려오는 새의 지저귐, 재빠르게 시야에서 사라지는 다람쥐. 신나는 음악의 선율에 머리를 까딱이던 순간과, 서로의 어깨에 머리를 기대어 하품하던 날들. 이젠 이런 모든 순간이 나에게는 행복이라는 것이다.

이렇게 행복을 잘게 조각내어 삶의 모든 부분에 흩뿌려 놓는다면, 제아무리 조건이 까다로워진다 한들, 결국 무뎌진다 한들, 금세 또다시 행복해질 수 있으리라.

그러니까, 결코 틈을 내어 주어선 안될 것이다. 불행이 비집고 들어오지 않도록.

끝나야 비로소 알게 되는 것

이 시절이 평생 유지될 거라는 착각을 자주 했다. 지금 할수 있는 것이 있다면 나중에도 할 수 있을 거라 믿었다. 다른 사람은 몰라도 나라면, 현재 가지고 있는 열정, 의지, 욕망과 같은 것이 절대 변하지 않을 거라는 믿음이 있었다. 근데 이런 믿음이 어느샌가 이미 바뀐 상태라는 걸 문득 깨달았다. 종종 과거의 일을 떠올릴 때면, 그 시절 당연하게 할 수있던 것들이 더 이상 당연하게 할 수 있는 것이 아니게 됐음을 느낀다.

여전히 하늘과 바다, 나무와 꽃을 보기 좋아하지만, 이젠그 시절과 같은 마음으로 자연을 바라볼 수는 없다. 새해의첫 태양을 보겠다고 이른 새벽 정신없이 공원에 뛰쳐나간다해도, 그 시절과 같은 방식으로 새해를 받아들일 수는 없다.

대신 그 시절과는 조금 다른 시야와 마음가짐이 생겨나서, 그 때와는 다른 무언가를 애틋하게 바라보고 받아들일 수 있게 됐을 뿐이다. 그 시절 눈에 들어온 건, 그 시절만의 것으로 끝이 났다.

이 시절도 언젠가 때가 되면 끝이 날 것이다. 이 시절이 지나고 나면 그동안 얻게 된 경험, 마음가짐, 기억, 상황과 같은 복합적인 요소들이 서로 뒤엉켜 나를 바꾸어 놓을 것이 분명하다. 그렇게 되면 예전과 같은 방식으로 세상을 바라볼 수도, 받아들일 수도 없게 될 테다. 그러므로 지금 무언가 의미 있는 일이 자신에게 주어졌다면, 그건 시간이 얼마 남지 않았으니 필사적으로 그것을 포용하고 받아들이라는 신호로 보면 될 듯하다.

원하든 원하지 않든, 모든 시절에는 유효기간이 있다. 현재를 필사적으로 마주할지는 나의 선택에 달렸지만, 시절이라는 녀석은 참을성이 그리 좋지 않다는 것을 알고 있어야 한다. 그저 그런 과거의 일이 되기 전에, 지금 할 수 있는 것이 있다면 나태해지지 않도록 최선을 다해야만 할 것이다. 시절은 미련 없이 떠나간다. 한 줌의 형태도 남기질 않고.

지금 이 시절을 제대로 살아가기 위해선, 꽤나 큰 용기가 필요한 듯하다. 용기가 없다면 환경이 좋지 않다는 이유로 시작조차 해보지 않는 경우도, 상황이 갖추어져 있음에도 생각이 많아 시기를 놓치게 되는 경우도 빈번히 생기기 때문이다.

하지만, 대부분의 일은 자신이 직접 경험해 봐야 깨닫게 되는 것 같다. 정말로 환경이 좋지 않아 할 수 없는 일이었는지, 예상했던 대로 현재의 능력으론 역부족이었는지 말이다. 열정과 의지의 크기라는 것은 시작할 때 정해 놓는 게 아니라, 모든 일을 끝마친 후 되돌아보았을 때 비로소 알게 되는 것이 아닐까 싶다.

마찬가지로, 이 시절도 끝이 나봐야 그 가치를 깨닫게 될 테다. 매 순간 최선을 다하며 살다 보면, 다음 시절이 찾아와 과거를 돌아보게 되었을 때, 미련이나 아쉬움보다는 입꼬리를 살짝 올릴 수 있는 순간으로 기억될 것이다. 모든 순간이 그렇게 시절이라는 단어에 담겨 잠시 머물다 간다. 간 것을 돌아보고, 올 것을 바라보며. 놓아주고 붙잡고를 하염없이 반복하며.

삶은 믿음의 결과물이다

생각은 현실이 된다. 할 수 있다고 생각하든 할 수 없다고 생각하든, 자신이 생각하는 건 결국 현실로 다가온다. 비록 이겨 낼 수 없는 것이라도 이겨 낼 수 있다고 믿어야 한다. 그래야 현실을 바라보고 스스로를 점검하여 최선의 선택지를 추려 낼 수 있다. 그렇지 않으면 현실에 겁을 먹고 자신의 눈을 가려 아무런 선택을 내리지 못하게 된다. 마음으로 믿는 것은 곧 삶이 된다.

현재 자신의 모습은 지금까지 스스로에게 주었던 믿음의 결과물이다. 요즘 사람들은 부정적인 생각이 너무 많다. 시작도 하기 전에 부정적인 결과를 떠올려 스스로 족쇄를 채운다. 간신히 시작한 일도 부정적인 과정을 떠올려 겁을 먹고 등을 돌린다.

다른 이들이 좌절하는 모습을 마음속 깊숙이 담아 둔 탓일까. 아니면, 실패를 겪었던 과거와 같은 모습을 하고 있는 길을 걸어가는 느낌이 든 탓일까. 과정이 같더라도 결과는 얼마든지 달라질 수 있는 건데. 그저 그때와는 다른 마음가짐을 가지면 되는 건데. 때론 나 자신이 내 삶을 가로막는 가장 큰 벽이 되기도 한다.

부디 긍정적인 생각을 하는 사람이 되기를 바란다. 생각은 인생이라는 전쟁터에서 우리가 손에 쥘 수 있는 가장 강력한 무기다. 서로 경쟁하기 바쁜 세상에서 부정적인 생각을 한다는 건 고장 난 무기를 들고 전쟁터에 나가는 꼴이다.

생각으로 벽을 만들어 자신을 가로막기보다, 벽을 뛰어넘을 수 있는 발판을 만들어야 한다. 생각으로 무거운 짐을 만들어 어깨에 올려 두기보다, 목표를 향해 질주할 수 있는 한 마리의 튼실한 말을 만들어야 한다.

생각은 무법자가 되기도, 구원자가 되기도 한다.

좋은 시작보다 좋은 끝이 중요하다

모든 시작에는 끝이 있는데 그걸 모른다. 대부분 좋은 시작을 만드는 것에 초점이 맞추어져 있다. 보다 완벽한 시작을 하면 탄력을 받은 마음이 평생 유지될 거라 착각하는 탓이다. 결국 얼마 가지 못해 탄력이 죽고, 나쁜 결과를 향해 곤두박질치는 자신의 모습을 보게 된다. 더 좋은 시작을 만들어 내지 못한 자신에게 모든 책임을 묻고 용기를 잃어버린다. 한번 잃어버린 용기는 되찾기 어렵다. 나쁜 결과를 또다시 맞닥뜨리게 될까 두려움이 앞서는 탓이다. 좋은 시작을 만드는 건 더더욱 어려워진다. 시작에 모든 걸 걸었으니, 모든 걸 잃어버린 셈이다.

좋은 시작이 있다면 좋은 끝도 존재한다. 시작에 쓸 에너지를 아끼면 끝을 위해 더 많은 에너지를 쏟을 수 있다. 시작에 집중하는 사람은 좋은 결과에만 목숨을 건다. 결과가 좋지 않으면 무너질 수밖에. 끝에 집중하는 사람은 과정에 목숨을 건다. 결과가 좋지 않아도 개의치 않고, 오로지 좋은 과정을 만들기 위해 최선을 다한다.

끝에 집중하면 목적지로 가는 길에서 만나게 되는 수많은 과정을 자신의 것으로 흡수할 수 있다. 비록 목적지가 마음에 들지 않더라도 후회가 없다. 돌아보면 분명 순탄하지 않은 길이었지만 꽤 마음에 드는 시작이었음을 알게 된다.

성장하는 사람의 특징은 늘 성장한다는 점이다. 결과로 이어지는 수많은 과정 속에서 끊임없이 성장하는 것이다. 좋은 시작에 매달리지 않으니 무엇이든 마음 편히 시작할 수 있고, 용기를 잃거나 두려움이 생길 일도 없다.

그대를 불안하게 만드는 것이 무언가의 시작이라면, 고개를 약간 치켜올려 조금 더 먼 곳을 보자. 좋은 시작보다 좋은 끝이 중요하다.

흔한 건 함부로 대하게 된다

가짜 보석은 진짜 보석과 똑같이 빛이 나고 눈이 부시다. 근데, 흔하다는 이유 하나만으로 무시하고 가치를 깎아내린다. 겉모습으로 판단할 수 없을 땐 속을 따져 가며 가치를 매긴다. 자연적으로 어렵게 만들어진 건 귀한 것이 되고, 인공적으로 쉽게 만들어진 건 흔한 것이 된다. 귀한 건 소중해지고, 흔한 건 쓸모없어진다.

우린 어려서부터 이런 모습을 보며 자랐다. 흔한 것의 가치를 낮추는 못된 버릇은 어느 순간 갑자기 생겨난 게 아니라, 오랜 시간 서서히 학습된 결과다. 이런 버릇이 귀중품에 한정되어 있다면 좋겠지만, 이미 삶의 일부가 되어 버렸다.

특정한 시간과 공간이 서로 절묘하게 맞아떨어져야만 볼

수 있는 것들이 있다. 친해지고 싶은 어떤 낯선 이와 우연히 갖게 되는 술자리, 마음 맞는 이성과 마침내 갖게 되는 오붓한 첫 만남이 그렇다. 반대로, 아무 때나 볼 수 있는 흔한 것들도 있다. 언제 어디서나 항상 나의 편이 되어 주는 든든한 가족, 매일같이 반복되는 고된 하루를 열심히 버텨 주고 있는 나 자신. 흔한 건 함부로 대하게 된다.

가치 없다고 느껴지는 것들에 대한 자신의 태도를 돌아볼 필요가 있다. 매일 시야에 들어온다는 이유 하나만으로 그 존재가 지닌 가치를 잊어버린 건 아닌지. 우린 흔한 것이 흔하지 않은 것이 되어야만 비로소 그 가치를 깨닫는다. 꽃이 지고 나서야 봄인 줄 알게 되는 것이다.

학습된 못된 버릇은 노력하지 않으면 바꿀 수 없다. 언제 어디서든 자신이 원할 때 볼 수 있는 흔한 것이야말로 진짜 소중하고 가치 있는 것임을 잊지 말자.

세상에 영원한 건 없다.

나를 나답게 만드는 것

포기해야 할 게 생겼다는 건 그보다 더 소중한 무언가가 생겼다는 뜻이기도 하다. 인생에 새롭게 나타난 무언가를 손에 쥐기 위해 이미 움켜잡고 있던 것 중에서 가장 덜 아까운 걸 놓아 버리는 거다. 아쉽지만 어쩔 수 없는 일이다. 인간으로 태어난 이상 우린 한 번에 붙들고 갈 수 있는 여력의 한계가 있기 때문이다.

근데 여기서 문제가 발생한다. 시간이 조금 흐르고 나면 내가 놓아 버린 것에 대해 미련이 생기기 시작한다는 것이다. 분명 그 순간엔 덜 아깝다고 생각했는데 시간이 지날수록 눈덩이가 굴러가듯 부피를 더해 나에게 되돌아온다. 아, 나는 얼마나 거대한 걸 놓아 버린 거지?

손아귀의 힘을 풀어야 할 상황이 생기면 가장 먼저 선택지에 들어오는 것들이 있다. 그건 그동안 불태웠던 간절한 꿈이 되기도, 행복한 미소가 가득했던 지난날의 시간이 되기도, 지금 나 자신이 되기도 한다.

대개 사람들은 자신과 관련된 것을 먼저 포기한다. 가장 쉽게 놓아 버릴 수 있는 것이기 때문이다. 하지만 이건 나를 가장 나답게 만들어 주는 것이기도 하다. 이걸 놓아 버리면 훗날 내 모습이 흐릿해지는 순간이 찾아올 때 가장 선명하게 생각이 난다.

새롭게 시야에 잡힌 것이 아무리 소중해 보일지라도, 놓아야 할 것과 놓지 말아야 할 것을 구분할 줄 알아야 한다. 내 인생에 내가 없는 것보다 비참한 게 또 없다.

그럼에도 불구하고 놓아야만 할 상황도 있을 것이다. 아무리 생각해도 별다른 선택지가 보이지 않을 때다. 참 암울하다. 다가올 미래가 어떤 모습을 하고 있을지 뻔히 보이는데, 그걸 막을 방법이 없다.

이미 손의 힘을 풀었다면 기억해야 할 게 있다. 절대 뒤를 돌아보지 말라는 것. 손에서 떠나는 순간 그건 돌이킬 수 없는 일이 된 것이다. 비록 나와 관련된 소중한 것이라 할지라도, 손에서 놓으면 그걸로 끝인 것이다.

그렇기에 새롭게 손에 쥔 소중함을 나를 가장 나답게 만들어 주는 것으로 갈고닦아야만 한다. 새로움을 받아들이는 건 늘 대가가 따른다. 그 대가가 삶을 어떤 모양으로 만들어 갈지는 온전히 그대의 마음가짐에 달렸다. 이왕이면 당신과 비슷한 모양이 되기를 바란다.

사람을 달리게 만드는 것

가끔은 근거 없는 칭찬도 필요하다. 오늘 하루를 의미 없이 흘려보냈더라도, 기억에 남는 잘한 일이 아무것도 없더라도, 그저 자신에게 '잘했다'라는 말 한마디를 건네는 일. 아무런 변화가 눈에 보이지 않더라도, 지루한 나날이 반복되어 약간의 게으름을 피우게 되더라도, 그저 자신에게 '잘하고 있다'라는 말 한마디를 건네는 일. 마땅히 세워 놓은 계획이 없더라도, 현재에 안주하는 삶을 살고 있을지라도, 그저 자신에게 '잘할 것이다'라는 말 한마디를 건네는 일. 근거 없는 말일지라도 자신에게 건네는 칭찬엔 힘이 있다.

스스로에게 박한 사람일수록 타인에게 관대한 모습을 보이는 경향이 있는 듯하다. 다른 사람에게는 '잘한다', '멋지다', '최고다'라는 말을 쉽게 건네면서, 스스로에게는 똑같은 단어를 물음표로 끝내 버리고 만다. 자신에게 건네는 칭찬을 거대한 무언가를 성취한 뒤 얻을 수 있는 어떤 보상쯤으로 여기는 듯하다. 결국 나를 바라보는 시간은 날이 갈수록 줄어들고, 이를 한 번에 만회하기 위해 목표의 몸집을 점점 더 키운다. 목표를 달성하는 게 힘들 수밖에.

사람은 달리며 산다. 여기서 칭찬은 연료가 된다. 굴곡지고 가파른 경사를 오르기 위해선 상당한 연료가 필요하다. 사소한 한마디의 칭찬으로 기분을 좋게 만들고 용기를 북돋을 수 있다면 이보다 저렴하고 효율 좋은 연료도 없을 것이다.

이제부터라도 타인에게 고정된 시선을 자신에게 돌려주었으면 좋겠다. 자신에게 조금만 더 관대한 사람이 되어 주었으면 좋겠다. 지금 그대에게 필요한 건 그동안 내뱉지 못했던 사소한 말 한마디가 전부다.

변화가 시작되는 순간

봄을 좋아한다. 봄이라는 따뜻한 계절이 좋다기보다는, 꽃이 피어나는 모습을 보는 게 좋다. 그 모습을 흔하게 볼 수 있는 계절이 우연히 봄이라서 봄에 애정이 가는 듯하다. 사실 꽃은 어느 계절에나 피고, 꽃이 아름답지 않은 계절은 없으니 말이다.

봄에 피는 꽃을 보면 유독 마음이 설레고 심장이 두근거린다. 차가웠던 겨울을 지나 두꺼운 땅을 뚫고 줄기를 힘차게 뻗어 올리는 모습. 오색 빛깔 꽃잎을 봉오리에 숨겨 둔 채, 때와 시기에 맞추어 활짝 만개하는 모습. 이런 모습을 볼 때면 마치 우리의 인생을 보는 것만 같다. 아무리 힘들어도 그 순간을 이겨 내면 결국 좋은 날이 온다고 말해 주는 것만 같다.

살다 보면 힘든 순간이 종종 찾아온다. 그건 나에게서부터 생겨나는 것일 수도, 누군가로부터 찾아오는 것일 수도 있다. 원인이 무엇이 되었든 그 순간을 이겨 내는 것도 버티는 것도 정말 힘들다. 미동조차 없는 현재를 바라보는 일. 괴로움에서 벗어나기 위해 아무리 발버둥을 쳐도 현실은 쉽게 변하지 않는 듯하다. 답답함이라는 단어에 담아낼 수 없을 정도로 걱정 고민이 많아진다.

이럴 땐 지금 내 모습이 꽃봉오리와 같은 상태라고 생각하면 도움이 된다. 주어진 환경이 좋지 않더라도, 변화가 눈에 보이지 않더라도, 나는 분명 꽃이라고. 모든 건 때와 시기가 있다. 자신이 피어날 시기가 오면 그때 세상에서 가장 아름답게 피어나면 된다.

고작 며칠 피어나는 벚꽃도 일 년 동안 준비를 한다. 그대는 분명 평범한 꽃이 아니겠지. 시간이 조금 더 걸릴지도 모른다. 한없이 아름다워질 그대가 벌써부터 기대된다. 변화가 눈에 보이지 않을 때 비로소 가장 큰 변화가 시작된다.

병든 과거에서 벗어날 수 있기를

솔직한 마음을 글로 적는 건 마치 주사를 놓는 것 같다. 글을 써 내려갈 땐 과거의 한순간이 후회와 미련이 되어 마음 한구석을 따끔하게 만든다. 그러나 글이 완성되면 속이 후련하고 마음속 한구석이 치료된 것만 같다. 자주 사용하는 공책의 이름을 '병원'이라 지었다. 마음이 감기에 걸렸을 때 찾아가면 효과 좋은 주사를 놔준다. 다른 공책도 있지만 이 공책만 찾게 되는 것 같다. 나이가 들면 마음도 약해지는 듯하다.

누구나 인생의 주사기 하나쯤은 있어야 하지 싶다. 반창고를 덕지덕지 붙여 가며 천천히 상처를 회복하는 것도 물론 틀린 일은 아니다. 하지만 버틸 수 없을 정도로 힘이 들 때, 따끔한 주사기는 조금 아플지라도 가장 빠르고 효과적으로 상처를 낮게 해준다. 그건 친한 누군가에게 그동안의 일을 솔직히 털어놓는 게 될 수도, 나처럼 글을 쓰는 것이 될 수도 있다. 나의 시선을 현재로 빠르게 되돌려 놓을 수 있는 것. 정신을 차릴 수 있게 해주는 것. 무엇이든 좋다.

떠올리기 싫은 순간이 있다 해서 계속 마음속에만 묻어 두지 않았으면 좋겠다. 병든 과거를 마음속에 품어 두면 건강했던 나머지 마음에도 병이 옮는다. 마음의 병은 정말 쉽고 빠르게 전이된다. 그렇기에 나쁜 감정은 빠르게 걷어 내고 좋은 감정으로 채워 넣어야 한다. 부디 마음이 건강한 사람이 되기를 바란다. 하루빨리 과거에서 벗어날 수 있기를 바란다. 병든 과거는 현재마저 병들게 만든다.

별은 언제나 빛나고 있다

좋아하는 영화가 생기면 몇 번이고 다시 보는 편이다. 처음엔 단순히 울림을 주는 결말이 좋았다면, 두 번째 볼 땐 결말로 이어지는 복선들이 보이고, 세 번째 볼 땐 재빠르게 지나가는 대사가 귀에 들어온다. 그렇게 몇 번이고 영화를 돌려 보면 보이지 않던 것들이 보이기 시작한다. 표정의 변화나 목소리의 떨림, 주인공이 서 있는 배경, 그 배경을 채우고 있는 사람들. 큰 울림이 없고 당연하다고만 생각되었던 것들이지만, 한 편의 영화를 얼마나 근사하게 만들어 주는지 모른다. 이런 사소함이 채워지지 않은 영화보다 허전한 영화도 없을 것이다.

삶도 영화와 같지 싶다. 세상에 존재하는 모든 것에는 저마다의 쓸모가 있다. 아무렇지 않게 생각되는 것도 누군가의 인생에 큰 영향을 끼친다. 똑같은 대사를 읊더라도 어느 단어에 떨림을 주느냐에 따라 전달되는 감정이 다르다. 똑같은 장면을 보여 주더라도 공간이 주는 분위기나 지나가는 사람들의 손짓과 몸짓에 따라 여운의 길이가 다르다. 지반을 견고히 다지기 위해선 큼지막한 자갈만 필요한 게 아니라는 말이다. 땅을 채우는 건 작고 사소한 모래알의 몫이다.

사람은 무엇이든 쉽게 판단하는 경향이 있다. 일의 경중을 스스로 판단 짓고 중요한 것을 더 중요하게, 사소한 것을 더 사소하게 만든다. 하지만 그대도 알아주었으면 좋겠다. 이 세상에 쓸모없거나 하찮은 건 없다는 걸 말이다. 그대도 분명 세상을 움직이게 하는 한 사람이라는 걸 말이다. 주목받지 않는다 해서 빛을 잃는 건 아니다. 밤하늘의 별은 쳐다보지 않을 때도 빛을 잃지 않는다. 당신도 마찬가지다. 당신은 이미 눈부시게 빛나고 있다.

나를 위한 웃음도 필요하다

늘 시간이 아깝다는 생각을 한다. 바쁜 하루를 보내고 집에 왔음에도 불구하고, 이대로 아무것도 하지 않고 다음 날을 맞이하는 것이 아깝다고 느껴진다. 아무것도 하지 않고 하루를 끝내면 도태될 것만 같다. 결국, 이런저런 생각을 하다 시간은 시간대로 흘러가고, 잠은 잠대로 늦게 잔다.

삶이 만족스럽지 못한 경우 이런 일이 더 빈번하게 발생하는 것 같다. 행복한 마음으로 잠들고 싶은데, 아무것도 하지 않으면 불안하니 말이다. 행복해지고 싶어서 자꾸만 무언가를 한다. 퇴근 후에 나를 웃게 만들어 주는 게 없으니 집에 와서도 무기력한 마음이 사라지지 않는다.

모든 생각을 내려놓을 수 있는 취미를 만들었다. 이런저런 생각을 하다 시간만 날리는 것이 싫었던 까닭이다. 처음에는 막연했다. 나에게 집중하는 연습을 해본 적이 없었던 탓이다. 오랜 시간 동안 이런저런 것들을 해본 후에야 결국 몸과 마음이 둘 다 편안해지는 일이 있다는 걸 발견했다. 이제는 퇴근 후의 삶이 기대된다. 현관문을 열자마자 무기력함이 몰려오는 게 아닌, 나만의 세계로 들어가는 문을 여는 것 같아 마음이 설렌다.

사람은 지치기 마련이다. 특히 사회생활을 하는 사람은 더욱더 그렇다. 감정을 헐뜯는 사람이 왜 이리도 많은지 모른다. 감정에 상처가 나면 몸까지 아파서 서럽다. 지친 몸과 마음을 치료하기 위해선 나를 돌아볼 수 있는 취미를 만드는 게 좋다. 무엇이 되었든 가슴을 뛰게 만드는 일. 생각만으로도 설레고 무기력함에서 벗어날 수 있게 만들어 주는 일. 사람들에게 보이는 웃음보단, 나에게 보여 줄 수 있는 웃음이 필요하다. 그래야만 행복과 가까워질 수 있다.

오늘은 확실한 나의 것이다

    어려선 걱정이 참 많았다. 현재에 대한 걱정보다는 미래에 대한 걱정이 많았던 것 같다. 어떤 일을 하면서 살아야 할까. 어떤 선택이 나를 좋은 삶으로 이끌어 갈까. 마땅히 떠오르는 게 없어 막막하기만 했다. 이런 걱정이 많아질수록 마음은 조급해졌다. 시간은 흘러가고 있고, 무엇이든 하지 않으면 결국 도태될 게 분명했으니까. 근데 삶이라는 게 참 단순했다. 수많은 걱정을 떠올리더라도 결국 어떻게든 현재를 살아가게 됐다. 걱정했던 일은 대부분 일어나지 않았다. 우연한 기회들이 중첩되어 삶을 만들었고, 적당한 선택을 내리며 살아갔다.

    만약 과거로 돌아갈 수 있다면, 나에게 해주고 싶은 말이 있다. 걱정하는 것이 나쁜 건 아니지만, 너무 완벽한 계획을 세우려 하지 말라고. 아무리 완벽한 계획을 세우더라도 살아가면서 얼마든 바뀔 수 있으니까. 우연한 기회를 만나 새로운 계획이 생기는 일이 더 많으니까.

인생은 불확실한 것 투성이다. 근데 불확실한 것들이 사람을 살아가게 한다. 그렇기에 완벽한 계획보다 완벽한 오늘을 위해 더 노력해야 할 것이다. 완벽한 오늘이 쌓이다 보면 미래는 저절로 완벽해질 것이다. 사람은 미래를 예측할 수 없다. 그저 다가오는 순간의 선택과, 우연히 만나게 되는 사람과, 돌발적으로 찾아오는 기회를 관통하며 살아가는 것뿐이다.

삶이란 상상하지 못했던 나를 마주하는 일이다. 나를 온전히 마주하고 오늘을 살아갈 수 있기를 바란다. 매일 아침 마주하는 하루를 그냥 흘려보내지 않기를 바란다. 눈을 크게 뜨고 오늘을 온전히 받아들이는 사람이 되기를 바란다. 그러면 오늘은 확실한 나의 것이 된다.

가끔은 도망치자

모든 게 버거울 땐 어디론가 도망가 버리고 싶다는 생각을 한다. 꽃잎이 휘날리는 곳으로, 파도가 일렁이는 곳으로, 아련한 노을이 걸린 곳으로. 그곳에 모든 걱정을 다 내려놓고 돌아오고 싶다. 요즘 사람들은 너무 무리해서 버틴다. 지치고 힘들 땐 쉬어야 하는 게 맞는데, 쉬는 시간만큼 뒤처질까 두려워한다. 남보다 앞서야만 행복해지는 게 아님을 알아야 한다.

난 자주 도망치는 사람이다. 좋아하는 걸 볼 수 있는 곳으로, 좋아하는 사람을 만날 수 있는 곳으로. 그러니까, 마음의 안정을 되찾을 수 있는 곳. 치열한 세상 속에서 이런 쉼터 하나쯤은 있어야 하지 않을까. 차갑게 얼어붙은 마음을 녹일 수 있는 공간. 근심 걱정을 잠시 내려놓을 수 있는 편안한 공간.

나만의 비밀 공간이 있다. 아무에게도 알려 주지 않은 나만의 공간. 반드시 멈추어야만 문이 열리는 곳이다.

조금은 여유 있게 살자. 앞만 보고 달려가지 말고, 잠시 멈출 줄도 아는 용기를 가지자. 높은 건물들에 둘러싸여 있더라도, 고개를 치켜올려 하늘을 바라보는 시간을 가지자.

휴식은 찰나다. 잠깐의 시간을 즐길 줄 알아야 한다. 아주 잠깐이더라도 마음을 활짝 열 줄 알아야 한다. 빛나도록 활짝. 마음을 녹이는 따스한 빛을 손에 쥐자. 가끔은 도망치자. 어디가 되었든 쉴 수 있는 곳으로. 마음이 편해지는 곳으로.

열심히 달릴 줄 아는 사람이라면, 열심히 쉴 줄도 알아야 한다.

꿈이 뚜렷한 사람은 빛이 난다

　꿈이 뚜렷한 사람처럼 빛나는 사람이 있을까. 고등학교 시절 한 친구가 생각난다. 늘 환하게 웃고 게임을 좋아하며 친구들과 잘 어울려 지냈던 친구. 공부를 잘하는 친구는 아니었는데, 운동선수가 되겠다는 꿈이 있었다. 어느 순간부터는 공부를 참 열심히 했다. 좋은 체대에 들어가려면 어느 정도 성적이 나와야 한다는 말을 들었나 보다. 친구에게는 전교 꼴찌라는 별명이 있었는데, 그 별명이 무색할 만큼 성적이 빠르게 상승했다. 나는 그 친구의 확고한 눈빛을 봤다. 한 치의 흔들림 없이 목표를 향해 있는 눈동자를 잊을 수가 없다. 지금쯤 잘나가는 운동선수가 되어 있겠지.

　뚜렷한 꿈을 가지는 건 참 쉽지 않은 일이다. 내가 작가가 될 거라는 생각은 단 한 번도 해본 적이 없다. 예전부터 책 읽는 걸 즐기긴 했지만 글을 창작해 본 적은 없다. SNS가 보편화되고 나서부터 글을 기록하기 시작했다. 정말 사소한 계기로 시작한 글쓰기가 나를 작가로 이끌었다. 만약 당신에게 뚜렷한 꿈이 없다면, 혹은 무엇을 해야 할지 아무것도 모르겠다면, 그저 한 가지를 꾸준히 반복해 보는 건 어떨까.

주어진 환경이 좋지 않아서, 나이가 많아서, 시간과 돈이 부족해서 할 수 없다는 말을 잘 이해한다. 그럼에도 불구하고 지금 당장 할 수 있는 일이 분명 존재한다. 정말 사소한 것일지라도, 그 과정에서만큼은 가슴 벅차도록 우리를 움직이게 만드는 꿈. 당신을 닮은 사소한 무언가를 찾아 붙잡을 수 있기를 바란다. 조급함보다는 용기 가득한 설렘을 움켜쥐고 살아갈 수 있기를 바란다.

어떤 사소함은 삶의 원동력이 된다.

많은 시간보다 좋은 시간

불안함이 마음속 깊이 내려앉았을 때, 그 마음을 해결한다는 명목으로 시간을 헛되이 보내는 사람이 많다. 물론 그 마음을 이해하지 못하는 것은 아니다. 시간을 충분히 가지지 못해 실패했던 경험이 있다면 불안함이라는 단어가 한없이 두렵기만 할 테니까.

불안함이라는 감정은 잠재적 위험에 대해 맞서 싸우려는 인간의 자연스러운 반응이다. 하지만, 문제는 불안함으로 인해 이성적인 판단을 내리지 못하고 의미 없는 행동을 반복하는 것에서 찾아온다.

무엇이 되었든 일단 실행에 옮겼다는 안도감으로 불안한 감정을 억누르려는 것이다. 하지만, 무의미하게 흘러간 행동은 실질적인 불안함의 원인을 해결해 주지 못한다. 따라서, 시간이 지나 안도감이 줄어들면 또 다른 불안함이 자신을 덮치게 된다.

실행에 옮기는 것은 분명 좋은 행동이다. 하지만 시간이라는 한정적인 재료를 잘 활용할 필요가 있다. 시간은 얼마나 많이 쏟아붓느냐가 아닌 얼마나 잘 쏟아붓느냐가 더 중요하다는 뜻이다.

시간을 헛되이 보내고 있다는 생각이 들면 잠시 모든 것을 멈추고 천천히 생각해 보자. 문제를 해결할 수 있는 방법을 찾는 것보다 문제가 왜 생겼는지 근본적인 원인을 찾는 시간을 가져야 한다.

그리고 나서 종이에 적어 보자. 무엇을 어떻게 보완해야 하는지, 자신이 왜 문제를 해결해야 하는지, 어떤 노력이 실질적인 도움이 되는지 천천히 생각을 해보자.

시간을 투자하는 행동은 자신이 준비가 되었을 때 해도 늦지 않는다. 좋은 칼 한 자루를 만들기 위해서는 수없이 망치를 두드리는 일보다 화덕의 불을 강력하게 만드는 것이 더 중요하다. 시간 또한 의미 없이 흘려보내는 것보다 자신이 어떻

게 시간을 보낼 것인지 확실하게 인지하고 흘려보내는 것이
더 중요하다.

불안한 마음을 해소하기 위해서는, 많은 시간이 아닌 좋은
시간을 보내야 한다. 당신에게 주어진 하루를 조금 더 알차게
사용할 수 있다면, 당신의 미래는 훨씬 빨리 훨씬 좋게 바뀔
것을 믿어 의심치 않는다.

새로운 문장을 쓰면 그만이다

살다 보면 괴로운 일이 참 많다. 그리고 괴로운 일들 중에서는 종종 우리의 발목을 아주 강하게 붙잡고 놓아주지 않는 것들이 있다. 그래서인지 이런 악명 높은 괴로움엔 이름이 있다. 후회, 혹은 그리움이라는.

후회와 그리움은 머릿속에 틀어박혀 잊힐 때쯤 다시금 사악한 얼굴을 드러낸다. 어떠한 계기로 인해 과거의 특정 사건이나 순간이 떠오를 때가 그렇다. 그 시절 괴로웠던 자신의 모습이 현재에 투영되어 또다시 우울함에 빠져드는 것이다.

괴로운 과거는 하루빨리 자신의 마음속에서 털어 낼 필요가 있다. 그러나 많은 사람이 시간이 지나면 저절로 해결되는 일이라며 대수롭게 않게 생각하곤 한다. 하지만 슬프게도, 괴로움으로 인해 시간이 멈추면 시간이 아무리 흐른다 한들 달라지는 건 아무것도 없다.

특단의 조치가 필요하다. 기억의 굴레 속에 갇혀 현실을 제대로 바라보지 못하게 되기 전에 후회와 그리움을 없앨 방법을 찾아야 한다.

과거는 끊어 내는 방법은 사람마다 큰 차이가 있다. 누군가는 삶의 터전을 아예 이동하기도 하고, 모임에 나가 새로운 인간관계를 구축하기도 하며, 생각할 틈이 아예 나지 않도록 더 바쁘게 일을 하기도 한다.

내가 과거를 끊어 내기 위해 가장 선호하는 방법은 물건 버리기다. 생각은 눈에 보이는 것들로부터 시작한다고 믿는다. 의미가 부여된 특정 물건이 눈에 보이지 않으면 연관된 생각도 끊어 낼 수 있다고 믿는다. 그래서 과거가 생각나는 모든 물건을 버리고 새로운 것들로 교체하곤 한다.

당신에게 털어 낼 수 없는 후회와 그리움이 있다면, 마음속에만 품어 두지 말고 어떤 조치를 취했으면 좋겠다. 마음이 무너지면 몸도 같이 무너진다. 몸과 마음이 무너지기엔, 아직 당신에게 다가올 좋은 날이 너무나도 많다.

슬픔이 담긴 문장을 거스를 수 없다면, 행복으로 가득한 새로운 문장을 쓰기 시작하면 된다. 당신의 앞날에는 슬픔보다 행복이 가득하다. 이 사실을 잊지 말자.

행복은 이미 다가오고 있다

인생의 모든 좋은 일은 아주 천천히, 우리의 감각으로는 도저히 인지하기 어려운 속도로 다가온다. 경제적인 성장도 그렇고, 사람과의 관계도 그렇고, 이성과의 사랑도 그렇고, 삶의 목적지 또한 그렇다.

인지하기 어려운 속도로 다가오다 보니 답답하기도 하고, 견디는 일이 한계에 닿아 눈물이 흘러나오기도 한다. 노력이 부족한 것인지 의심하게 되고, 환경이 받쳐 주지 않는 것 같아 한탄하게 된다.

하지만, 모든 좋은 것들은 반드시 다가오고 있다는 것을 명심해야 한다. 빠르게 자신의 손에 쥐어진 것은 금세 자신의 품에서 떠나간다. 갑작스럽게 손에 들어온 경제적 여유, 이유

없이 가까워진 인간관계, 뜻하지 않았던 인생의 목적 달성 등은 뜻하지 않게 다가온 만큼 뜻하게 않게 사라진다. 결과를 얻기 위해 피땀 흘려 공을 들이는 순간이 없었던 까닭이다.

자신의 능력을 천천히 성장시켜 나가며, 노력의 시간이 거듭되며 얻어진 결과물은 자신의 품에서 떠나가는 법이 없다. 이미 결과물을 얻기 위해 부지런히 실행에 옮기는 과정에서 충분한 대가를 지불한 까닭이다. 물론, 그 과정에서 결과가 눈에 빨리 보이지 않기 때문에 마음이 답답하고 조급해지겠지만, 절대 당신을 배신하지 않는 자기 자신만의 고유의 것이 된다.

그러니, 원하는 대로 경제적 안정이 찾아오지 않는다고, 좋은 인간관계가 형성되지 않는다고, 이성과의 사랑이 돈독해지지 않는다고, 꿈이 이루어지지 않는다고, 결과가 보이지 않는다고 하여 너무 낙담하지 않았으면 좋겠다. 좋은 것들은 언제나 천천히, 멈추지 않고 서서히 다가온다는 것을 잊지 말아야 한다.

달콤함을 얻기 위한 과정은 쓸쓸함의 연속이다. 그러나, 당신이 결과를 포기하지 않는다면 결과도 당신을 포기하지 않을 것이다. 당신의 미래에는 미소가 가득할 것을 믿어 의심치 않는다.

비 내리는 날 우산을 쓰는 것처럼

허무맹랑한 소리처럼 들릴지 모르겠지만, 사람은 과거를 바꿀 수 있다. 시간 여행을 통해 과거에 가서 무언가 바꾸어 놓는 공상과학 소설 같은 말이 아니다. 현재의 내가 어떤 마음가짐을 먹느냐의 따라 과거의 모습이 바뀔 수 있다는 뜻이다.

지난 시절을 돌이켜 보면 느껴지는 게 있을 것이다. 기쁜 시절이었지만 더 이상 기쁘게 받아들일 수 없는 시절로 변한 날이 있다는 것을. 슬픈 시절이었지만 언젠가부터 웃으며 넘길 수 있는 시절로 변한 날이 있다는 것을.

그렇기에 안 좋은 기억이 가득하다고 해서 너무 낙담할 필요는 없을 것이다. 인생은 가까이서 보면 비극이고, 멀리서 보면 희극이라는 말이 있다. 돌이켜 생각해 보면 안 좋은 시절이라 해도 나를 성장시켜 준 좋은 계기였음을 깨닫고, 웃으며 받아들일 수도 있다는 말이다.

지나간 과거를 좋게 받아들여야 할 이유가 하나 더 있다. 과거의 슬픔에 잠겨 버리면 앞으로 다가올 화창한 미래를 제대로 받아들일 수 없게 된다는 점이다.

과거의 슬픔은 고정관념으로 변하곤 한다. 좋은 일이 될 상황도 나쁘게 받아들이게 된다. 비슷한 과정처럼 느껴지면 결과 또한 슬픈 것이라 단정짓게 되는 것이다. 또 다른 슬픔을 얻지 않으려는 것은 이해하지만, 그로 인해 행복을 놓치면 안 될 것이다.

먹구름이 다가왔을 땐 우산을 펼쳐 쏟아지는 빗방울을 막으면 될 일이다. 먹구름을 자신의 마음속에 품을 필요가 없다. 마음에 먹구름이 드리우면 앞날엔 계속 비만 내릴 뿐이다. 현재의 당신이 우산을 펼쳐 과거의 빗방울을 막아 내야 한다.

현재의 마음이 건강해야 과거를 건강하게 받아들일 수 있고, 더 나아가 미래도 건강하게 받아들일 수 있다. 당신의 미래에는 무지개가 가득했으면 좋겠다. 먹구름 한 점 없는 아주 화창한 하늘과 함께.

현재 가장 행복해야 한다

우리는 자신에게 다가올 미래가 선명하지 않다는 이유 하나 때문에 너무나도 많은 계획을 세우곤 한다. 감당할 수 없는 크기의 계획임에도 불구하고, 불확실성을 해소하기 위해 최대한 많은 대비를 하는 것이다.

그럴 만도 하다. 언젠가 한 번 겪었던 실패의 쓴맛이 너무나도 고통스러웠을 테니까. 그때의 괴로움을 다시 반복하기 싫은 것일 테다. 모든 가능성을 열어 두고 수많은 계획을 세우면, 두 번 다시 실패하지 않을 거라 생각하는 것일 테다.

하지만, 더 큰 문제는 너무 많은 계획에서 다가온다는 것을 명심해야 한다. 일어날 가능성이 희박한 상황, 절대 일어나지 않을 상황, 계획이 틀어졌을 때의 상황 등 여러 가지 계획을 세우게 되면, 오히려 머릿속에 불안함 감정들만 가득 차게 되어 현재를 제대로 바라볼 수 없게 된다.

현재를 제대로 바라볼 수 없다는 것은 인생 최대의 문제다. 자신의 시야에 들어오는 모든 것들에 의심을 품기 시작하고, 누군가가 건네는 말 한마디조차 부정적으로 받아들이게 되어 예민하게 반응을 보이게 된다. 불안함이라는 감정 하나로 인해 자신에게도 타인에게도 나쁜 사람이 되는 것이다.

당신이 좋은 사람이 되었으면 좋겠다. 미래가 불안하다고 하여 계획을 세우는 데 시간을 보내기보다는, 심호흡을 크게하고 마음의 안정을 찾을 수 있는 휴식에 더 많은 시간을 보냈으면 좋겠다. 마음에 안정이 찾아올 때, 오히려 건강한 생각을 통해 더욱더 현명한 해결책을 만들어 낼 수 있다.

우리의 인생에 있어 가장 중요한 것은 과거도 미래도 아닌, 바로 현재다. 현재를 제대로 받아들일 수 있을 때, 비로소 과거도 미래도 건강하게 받아들일 수 있다.

지금 눈앞에 펼쳐진 것은 미래가 아닌 현재다. 현재의 길을 제대로 걸어가면 미래의 길은 자연스럽게 따라온다. 당신이 현재 가장 행복했으면 좋겠다.

모든 것이 버겁기만 하다면

너무 많은 것을 마음속에 담아 둔 탓인지, 우리는 종종 마음에 여유가 없어 그 어떤 것도 온전히 받아들이지 못하는 상태가 된다.

마음에 여유가 없다면, 설령 마음속으로 다가오기 위해 마음의 문에 노크를 하는 그 무엇이 긍정적인 것일지라도 의심하기 시작한다. 좋은 것을 온전히 좋게 받아들이지 못하고, 왜 좋은지 이유를 묻기 시작한다.

마음에 여유가 없으면 타인으로부터 오는 감정을 소화할 수 없는 것뿐만 아니라, 자신에게서 뿜어져 나오는 감정조차 소화할 수 없게 된다. 그로 인해 내가 무엇을 좋아하는지, 무엇을 싫어하는지, 무엇을 원하는지, 무엇을 위해 존재하는지,

내가 무엇인지에 대해 의심을 품기 시작한다.

그렇게 서서히 시들어 간다. 마치 영양분을 제대로 흡수하지 못해 서서히 그 본연의 아름다운 색을 잃어 가는 한 송이의 힘없는 꽃처럼.

마음을 비울 필요가 있다. 마음을 비우면 비로소 모든 것이 새롭게 보이기 시작한다. 하지만, 너무나도 많은 생각과 감정을 쌓아 둔 채로 마음을 비워 내지 않고 평생을 살아왔을 테니 마음을 비우는 게 쉽지 않다는 것을 이해한다.

한 가지만 명심하자. 마음을 비운다는 것은 절대로 모든 것을 내려놓고 포기하는 것이 아니라는 것을. 마음을 비운다는 것은 인생의 목적을 '최고'라는 단어에서 '최선'이라는 단어로 바꾸는 일이다. 최고가 되지 못한 자신의 모습을 두려워 말자. 진정으로 두려워해야 할 것은 최선을 다하지 못한 자신의 모습이다.

마음을 비울 때, 비로소 자신이 원하는 것을 온전히 끌어당길 수 있다. 마음에 여유가 있을 때, 비로소 머리로 판단하지 않고 마음으로 판단할 수 있게 된다.

자신이 먼저 변화해야 비로소 세상의 모든 변화를 온전히 마주할 수 있다. 그러니 이제는 자신을 마주하는 것을 두려워하지 말고, 아주 조금이라도 자신을 꽉 움켜쥔 손을 풀어 주었으면 좋겠다.

그럴 수 있지

두려움이라는 큰 감정 속에서 가장 주의 깊게 바라보아야 할 것은 바로 '걱정'이라는 녀석이다. 걱정이라는 단어는 마치 눈에 뒤덮인 산 정상에서 작은 눈덩이를 아래로 굴려 내리는 것과 같다.

작은 눈덩이가 산에서 굴러 내려오며 큰 눈덩이가 되듯, 작은 걱정도 꼬리에 꼬리를 물고 그 부피와 질량이 점점 커져 결국 커다란 걱정이 되어 버린다.

게다가 더 무서운 것은, 이렇게 커져 버린 걱정은 쉽게 멈출 수조차 없다는 것이다. 결국, 사소한 걱정으로 시작한 것에 자신의 몸과 마음을 모두 짓눌려 버리게 된다. 스쳐 지나가는 작은 걱정을 절대 방치하지 말아야 할 이유다.

걱정이 커져 더 이상 멈출 수 없게 되어 버리기 전에 특단의 조치가 필요하다. 바로, 앞으로 다가올 모든 상황에 '그럴 수 있지'라는 전제조건을 걸어 두는 것이다. 그럴 수 있으니 인생에 치여 쓰러졌다고 좌절하지 않아도 괜찮다. 그럴 수 있으니 슬픔에 잠겨 모든 것을 포기하지 않아도 괜찮다. 이미 현재의 당신은 최선을 다했을 테니, 그걸로 충분하다.

또한, '그럴 수 있지'라는 말이 '그럴 수 없으면 어떡하지?'가 되어 버리지 않도록 조심해야 한다. '그럴 수 없으면 어떡하지?'라는 생각을 시작하는 순간, 세상에 존재하는 모든 좋지 않은 순간들이, 마치 실제 일어난 일처럼 머릿속에서 생생하게 전개되기 시작하는 까닭이다.

하늘이 무너져 내린 느낌이 들 만큼 현재가 너무 버거운 것을 잘 이해한다. 더 이상 버겁지 않기 위해서 미래를 체계적으로 준비하려는 것을 잘 이해한다. 하지만, 체계적인 준비보다 체계적인 여유가 더 중요하다는 사실을 잊지 않았으면 좋겠다.

굳이 하지 않아도 될 생각이라면 하지 않으면 된다. 말처럼 쉽지는 않겠지만, 큰 걱정에 짓눌려 괴로워하지 않기 위해서, 불필요한 생각의 시간을 줄일 수 있는 사람이 되었으면 좋겠다.

걱정이 두텁게 쌓여 당신을 짓누르지 않도록 조심해야 한다. 최선을 다했을 테니 그것이면 되었다. 앞으로의 당신은 잘해내리라 믿는다.

한 가지를 바라봐야 할 이유

우리는 바라보는 것을 닮아 가는 습성이 있다. 부가적인 행동을 아무것도 하지 않아도, 그저 무엇인가를 바라본다는 이유 하나만으로 우리의 모습은 서서히 바뀐다. 한 가지를 꾸준하게 바라보면 그동안 보이지 않았던 것들이 하나둘 보이기 시작하는 까닭이다.

늘 같은 모습을 하고 있는 나무도 계속 바라보다 보면, 나무를 타고 오르내리는 개미들이 하나둘 보이기 시작한다. 나무의 표면에 새겨진 주름이 하나둘 보이기 시작한다. 나무들의 차이점이 하나둘 보이기 시작한다. 그저 바라보기만 할 뿐인데 점점 나무의 전문가가 되는 것이다.

우리의 인생도 별다를 바가 없다. 높은 곳을 바라보면 높은 곳에 가까워진다. 가지고 싶은 것을 꾸준하게 바라보면 결국 자신의 것이 된다. 자신의 시야에 꾸준함만 더해진다면 그것은 통찰력이 되어 험난한 인생을 헤쳐 나가는 데 사용할 수 있는 자기 자신만의 무기가 된다. 이것 하나만으로 우리는 세상을 더욱더 수월하게 헤쳐 나갈 수 있다. 무엇이 되었든 꾸준히 한 가지를 바라봐야 할 이유다.

세상은 결국 통찰력의 싸움이다. 하지만, 통찰력을 얻기 위해서는 꾸준함이 선행되어야 하다 보니, 많은 사람이 결과가 보이기도 전에 바라보는 것을 포기해 버린다. 서서히 다가오는 것에 답답함을 느껴 이내 깊은 한숨과 함께 눈을 감아 버리는 탓이다.

꾸준하게 바라보는 것은 결국 자신의 것이 된다. 그러니 용기를 잃지 않았으면 좋겠다. 당신은 결국 성취하게 될 테니까.

훌훌 털어 낼 줄 알아야 한다

누구나 하나쯤은 기억하기 싫은 과거가 있다. 그 순간의 기억이 다시 떠오를 때면, 그때의 안 좋았던 상황들이 선명하게 눈앞에 펼쳐지는 느낌이 든다. 흘렸던 눈물, 내뱉었던 한숨, 저렸던 마음 등이 다시 느껴지는 것 같을 테니 기억하기 싫을 수밖에 없다.

그래서, 그때의 기억이 다시 떠오를까 두려워 자신의 머릿속에서 기억을 아예 없애려고 하는 사람이 종종 있다. 그 시절 자신의 주변에 존재했던 모든 사물을 버리기도 하고, 자신과 연락했던 모든 사람들과의 인연을 끊어 내기도 한다.

그리고 나서는 그때의 상황을 물어보는 사람이 나타나면, "

오래전 일이라 기억이 나지 않는다."라고 답변한다. 과거의 아픈 기억을 떠올리지 않을 수 있는 가장 효과적인 대답을 하는 것이다.

하지만, 이런 아픈 기억들은 아무리 잊으려 노력해도 마음대로 되지 않는 경우가 많다. 오히려 길거리를 거닐 때나 밤에 잠을 설칠 때 은연중 머릿속에서 튀어나와 이따금 마음을 아프게 한다.

과거의 아픈 기억들은 마음속에 꽁꽁 숨겨 두지 말고 밖으로 내뱉어 훌훌 털어 낼 줄 알아야 한다. 그래야 정말 머릿속에서 지워 낼 수 있다. 과거의 일을 제3자의 입장으로 바라보며 누군가에게 다 털어놓고 나면 마음이 한결 편해진다. 마음에 가득 차 있던 안 좋은 감정들을 시원하게 토해 낸 덕이다.

과거의 안 좋은 순간들로 인해 당신의 현재에 문제가 생기지 않았으면 좋겠다. 과거의 감정이 마음에 가득 차 불편하다면, 어딘가에 털어 내야 새로운 감정을 마음에서 받아들일 수 있다는 것을 명심하자.

마음은 한계치가 정해져 있어서 모든 걸 수용하지 못한다. 그러니 안 좋은 감정들은 마음속에서 털어 냈으면 좋겠다. 좋은 감정들로만 채워도 턱없이 부족한 게 마음의 크기니까.

가끔은

가끔은 모든 것을 잠시 멈추고 휴식을 취하는 것이 좋다. 목표를 향해 달려가던 발걸음을 잠시 멈추고, 자신이 놓치고 가는 것은 없는지, 자신으로부터 떠나간 것은 없는지 확인하는 시간을 가져야 한다.

잠시 동안이라도 일단 멈추게 되면 많은 것들이 보이기 시작한다. 목표에 고정되어 있던 시선 때문에 그동안 시야에 들어오지 않았던 소중한 것들이 비로소 보이기 시작한다.

진짜 소중한 것들은 시야에 잘 보이지 않기 때문에, 이렇게라도 스스로의 의지로 잠시 멈추어 확인하는 습관을 길러야 한다. 소중한 것들을 잃어버리고 후회하지 않기 위해서 말이다.

잠시 멈춘다는 것이 얼마나 어려운 일인지 잘 알고 있다. 자신과 같은 길을 달리고 있는 사람들에게 뒤처질 것 같아 두려움이 앞설 것이다. 열심히 쌓던 탑이 한순간에 모두 무너져 내릴까 걱정이 앞설 것이다. 이런 걱정 고민들 때문에 우리는 멈춘다는 단어를 굉장히 부정적으로 받아들인다.

멈춘다는 것의 의미를 조금 다르게 받아들였으면 좋겠다. 자신의 인생을 통째로 멈추는 것이 아니다. 목표를 향해 달려가는 길에서 제자리에 멈추어 방황하는 것이 아니다. 그저 자신의 욕심에 약간의 절제를 주자는 뜻으로 받아들였으면 좋겠다.

성공이라는 단어에 너무 큰 욕심을 가지고 달려가게 되면, 막상 목적을 달성했을 때 되려 수많은 것을 잃어버리는 경우가 있다. 잃어버리는 것이 사소한 것이라면 상관없겠지만, 소중한 것이 되었을 때는 정신적으로 큰 타격이 온다. 한번 잃어버리면 되돌릴 수 없는 사랑, 우정, 건강, 가족과 같은 것들 말이다.

이렇듯, 너무 큰 욕심은 해가 된다. 주기적으로 잠깐의 휴식을 취하며 주변을 둘러봐야 할 이유다. 세상에는 자신의 목표보다 더 소중한 것이 많다. 이것을 늦게 깨닫지 않았으면 좋겠다.

세상에는 한번 잃어버리면 되찾지 못하는 것들이 많다. 그러니 크게 부푼 욕심이 진정될 만큼만이라도 잠깐 휴식을 취하며 인생을 헤쳐 나갔으면 좋겠다. 소중한 것은 이미 두 손에 쥐고 있으니까 말이다.

시간은 약이 아니다

살다 보면 마음에 상처가 생기는 순간이 찾아오기 마련이다. 이유가 무엇이 되었든, 마음에 상처가 생기면 일상생활이 힘들어진다. 밥도 제대로 넘어가지 않고 밤에는 생각이 많아져 잠도 제대로 잘 수 없다.

마음에 생긴 상처로 인해 가장 힘든 것을 꼽으라면, 몸에 생긴 상처와는 달리 치유가 잘되지 않는다는 것이다. 몸에 생긴 상처는 시간이 지나면서 자연스럽게 치유가 된다. 하지만 마음에 생긴 상처는 시간이 아무리 흘러도 쉽게 치유되지 않는다.

시간이 흘러도 마음의 상처가 사라지지 않는 건 분명한 이유가 있다. 마음에 상처를 받았을 때의 장소가 현실에서 사라지지 않기 때문에, 그리고 마음에 상처를 받았을 때의 시간이 매년 한 번씩 빠짐없이 자신에게 찾아오기 때문이다.

기억이란 것이 이렇게 무섭다. 길거리를 걸을 때면 행복했던 순간이 떠오르고, 봄이 오면 꽃을 보고 미소를 지었던 순간이 떠오른다. 행복이라는 단어에 담겨 있던 모든 순간들을 억지로 끄집어내 불행이라는 단어에 옮겨야 하니 힘이 들 수밖에 없다.

하지만 이렇게 힘이 들 때일수록 생각을 달리했으면 좋겠다. 아쉬운 말이지만 마음에 생긴 상처는 쉽게 아물지 않는다. 어쩌면 평생 상처가 아물지 않을 수도 있다. 아픈 마음을 달랠 수 있는 새로운 방법을 찾아야 하는 이유다.

시간이 약이라는 말이 있지만, 아무것도 하지 않고 가만히 있어도 아픈 마음이 고쳐진다는 뜻이 아니다. 마음을 아프게 만드는 시간과 공간을 덮어 줄 수 있는 새로운 기억을 만들기 위해 스스로가 노력해야 한다.

마음의 상처는 스스로가 치유해야 한다. 그러니 시간에게 당신의 미래를 맡기지 않았으면 좋겠다. 당신은 더 행복한 삶을 살아갈 수 있는 사람이니까.

능소화처럼 뒹굴며 당당하게

마지막이 아름다운 것을 좋아한다. 내게 여름은 조금 특별하다. 찜통 같은 무더위 속에서 먹는 수박 조각이나, 서로의 땀방울을 걱정하며 손부채질하는 아름다운 장면을 말하는 게 아니다. 그러니까, 꽃. 능소화가 핀다. 온갖 아름다운 봄꽃이 다 지고 나면, 주먹처럼 큼지막한 붉은 꽃이 하나 핀다. 하필 여름에. 태풍과 장마가 극성인 시기에. 꽃에게는 지옥이나 다름없는 계절에 능소화가 핀다.

'업신여길 능', '하늘 소'. 하늘을 업신여기는, 그러니까 자신을 방해하는 존재를 하찮게 여기는 꽃인 것이다. 심지어 질 때는 더하다. 어떻게든 버티기 위해 한 잎 한 잎 자세를 낮추는 다른 꽃과는 다르다. 꽃 뭉치가 한 번에 툭. 마치 미련 없다는 듯. '하늘아 나 좀 보아라, 때가 되었으니 잘 놀다 간다'

라며 하늘을 조롱하는 것처럼 보인다. 이렇게 미련 없는 꽃을 사랑하지 않을 수 없다. 내 삶은 미련으로 가득하기에, 본받지 않을 수 없다.

미련 없는 삶을 살아 본 적이 없다. 후회로 남지 않은 과거가 없다. 현재를 가로막는 장애물이 하나라도 생기면 걱정이 산더미가 된다. 앞으로 다가올 미래는 보이지도 않으면서 숨통을 조여 온다. 매 순간이, 매 순간마다, 감옥에 갇힌 것만 같다. 나 홀로 감옥에 있는 듯 느껴진다. 모두가 유유히 잘 살아가는 것처럼 보이는데, 유독 내 위에만 먹구름이 가득한 느낌이다.

심지어 무언가에 실패할 때는 이런 감정이 더욱더 격해진다. 어떻게 하면 성공할 수 있을까, 어떻게 해야 조금 더 버틸 수 있을까, 하는 생각에 무엇 하나 손 놓기 어렵다. 매 순간이 봄꽃이었던 것이다. 고작 며칠 피어날 걸 알아서 손이 떨리고, 아름다움을 조금 더 유지하고 싶어서 등 돌리기 어려웠던 것이다. 한 번에 툭 떨어지는 게 얼마나 큰 용기가 필요한지 모른다. 나에게 능소화는, 그런 용기의 집합체다.

잘 잡는 것 못지않게 잘 놓는 것도 중요하다. 미련이 남은 일을 붙잡고 늘어지면 그 시간만큼 현재를 소모하게 된다. 두 번 다시 돌아오지 않는 소중한 시간이 사라진다는 말이다. 그럼 또다시 후회하게 될 테다. 왜 진작에 새로운 도전을 하지 않았느냐며, 왜 하고 싶은 것을 하지 않고 망설였냐며. 시간은 결코 우리의 편이 아니다.

우리에게 주어진 시간은 턱없이 부족하고 한정적이다. 짐승처럼 달려오는 시간에 대항하는 법은 하나뿐일 것이다. 바로, 잘 놓아주는 것. 미련 없이 한 번에. 어느 여름 날 피어나는 능소화처럼 툭하고, 시원하게. 그리고 다시 피어나면 되는 것이다. 언제 그랬냐는 듯 아름답게. 거센 태풍과 장마를 뚫고 피어나는 능소화처럼 당당하게.

가야 할 때를 아는 이의 뒷모습은 얼마나 아름다운가. 돌아올 모습은 또 얼마나 기대되는가. 그렇게 뒹굴며, 당당하게, 살아가는 것이다.

나만의 속도를 찾기로 했다

1판 1쇄 펴낸날 2024년 9월 20일

지은이 윤설

책만듦이 김미정
책꾸밈이 디자인나울

펴낸곳 채륜서 **펴낸이** 서채윤
신고 2011년 9월 5일(제2011-43호)
주소 서울시 광진구 자양로 214, 2층(구의동)
대표전화 02.465.4650 **팩스** 02.6442.9442
book@chaeryun.com www.chaeryun.com

책값은 뒤표지에 있습니다.
ISBN 979-11-85401-83-6 03810